中国儿童文学
博士文库

上　海　师　范　大　学　　2 0 0 6

唐池子 著

童年之美

童年美学建构

作家出版社

图书在版编目（CIP）数据

童年之美：童年美学建构 / 唐池子著 . -- 北京：作家出版社，2022. 8
（中国儿童文学博士文库）
ISBN 978-7-5212-1285-3

Ⅰ. ①童… Ⅱ. ①唐… Ⅲ. ①儿童文学 – 文学美学 – 文学研究 Ⅳ. ①I058

中国版本图书馆CIP数据核字（2021）第004083号

童年之美——童年美学建构

作　　者：唐池子
策　　划：左　眩
责任编辑：邢宝丹　桑　桑
特约编辑：苏侃君
装帧设计：康　健
出版发行：作家出版社有限公司
社　　址：北京农展馆南里10号　　邮　　编：100125
电话传真：86-10-65067186（发行中心及邮购部）
　　　　　 86-10-65004079（总编室）
E-mail:zuojia@zuojia.net.cn
http://www.zuojiachubanshe.com
印　　刷：中煤（北京）印务有限公司
成品尺寸：148×210
字　　数：162千
印　　张：5.875
版　　次：2022年8月第1版
印　　次：2022年8月第1次印刷
ISBN　 978-7-5212-1285-3
定　　价：35.00元

我国儿童文学博士论文的生产方式、学科分布与发展空间

王泉根

金秋十月，橙黄橘绿。作家出版社计划高规格出版我国首套儿童文学博士文库，希望我为文库写一篇序言。作为长期执教儿童文学学科的高校教师，能不欣然应命？儿童文学博士文库的出版，既是儿童文学理论研究的一件幸事，也是儿童文学学科建设与高素质专业人才培养的一件大事。我的这篇序言，试就这两方面谈点浅见。

一

我国现行高等学历教育分为专科生、本科生、研究生三个层次，研究生根据学位，又分为硕士研究生与博士研究生。因而博士研究生是高等教育中的最高学历、最高端。只有把最高端的事做好了，相关学科的人才培养，才有可能做大做强。博士研究生学习阶段的主要任务与目标是撰写博士论文，只有当博士论文通过答辩，才能获得培养学校的博士研究生毕业证书和博士学位证书，由此足见博士论文的重要。

根据教育史料，我国高校的儿童文学学科研究生，最早培养是在二十世纪五十年代。东北师范大学蒋锡金教授（1915—2003）曾在五十年

代招收过儿童文学研究生，因当时我国高校还未实行学位制，因而东北师范大学只是研究生培养而不存在学位。

1982年元月，浙江师范学院（今浙江师范大学）蒋风教授招收中国现当代文学专业儿童文学研究方向的硕士研究生，首批录取的研究生是来自北京师范大学的汤锐与来自西南师范大学的王泉根。虽然蒋风先生曾在1979年招收了第一位研究生吴其南，但据吴其南介绍，他算"阴差阳错"，由于当时浙江师范学院还没有资质独立招收研究生，因而是与杭州大学中文系联合招收的，吴其南报考的是杭州大学中文系现代文学研究专业，在被录取以后，经两校商量，由杭州大学转至浙江师范学院蒋风名下。所以蒋风先生公开招收儿童文学方向研究生是在1982年。1984年11月，杭州大学中文系在对吴其南、王泉根、汤锐经过规定的研究生课程考试后，举行了我国首次儿童文学硕士研究生论文答辩，答辩委员会由杭州大学吕漠野、郑择魁、陈坚等五位教授组成，一致通过吴其南、王泉根、汤锐三人的硕士学位论文，并由杭州大学授予文学硕士学位。三位研究生是我国高等学历教育中第一批以儿童文学作为明确培养方向的硕士研究生，三人的论文也是第一批专业意义上的儿童文学硕士学位论文。

2001年，北京师范大学决定面向全国和海外，招收我国第一届中国现当代文学专业儿童文学研究方向的博士研究生，博士生导师为王泉根教授。2001年9月，录取入学的首届博士生为王林、金莉莉、张嘉骅（来自中国台湾）。2004年5月，北京师范大学举行我国首次儿童文学博士研究生论文答辩，答辩委员会由刘勇、张美妮、曹文轩、邹红、樊发稼五位教授组成，一致通过王林、金莉莉、张嘉骅三人的博士学位论文答辩，授予文学博士学位。这是我国高等学历教育中培养的第一批儿童文学博士，王林等三人的博士论文也是第一批专业意义上的儿童文学博士学位论文。

　　自北京师范大学王泉根教授以后，上海师范大学梅子涵教授（2002年）、东北师范大学朱自强教授（2005年）也开始招收儿童文学博士生。进入新世纪第二个十年，兰州大学李利芳教授、东北师范大学侯颖教授、浙江师范大学方卫平与吴翔宇教授、北京师范大学陈晖与张国龙教授等，相继招收儿童文学博士生。

<h1 style="text-align:center">二</h1>

　　根据国家图书馆、北京师范大学图书馆以及网络资源中的博士论文资料，抽检1999年至2016年间的100篇与儿童文学相关的博士论文，发现有69篇博士论文属于中国现当代文学专业，出自17所高校与中国社会科学院研究生院。其中北京师范大学29篇，上海师范大学14篇，山东师范大学5篇，东北师范大学4篇，吉林大学3篇，中国社会科学院研究生院2篇，北京大学、复旦大学、南京大学、四川大学、中山大学、兰州大学、苏州大学、华东师范大学、华中师范大学、南京师范大学、湖南师范大学、上海大学各1篇。

　　再加辨析，我们发现，北京师范大学、上海师范大学均是明确以"中国现当代文学专业儿童文学研究方向"招收录取博士生，东北师范大学情况有点特殊，既有明确的儿童文学研究方向，也有现代文学方向；而山东师范大学、吉林大学、北京大学、中国社会科学院研究生院等则是以"中国现当代文学专业现代文学研究方向"或"当代文学研究方向"等招收录取博士生的。因而可以看出，北京师范大学、上海师范大学的中国现当代文学专业有明确的培养儿童文学博士生的愿景，东北师范大学也重视儿童文学。当然这三所高校的中国现当代文学专业还有其他研究方向与培养任务，但能从中特别分出招生名额留给儿童文学，这是十分难得与宝贵的。

　　正因如此，这三所高校的中国现当代文学专业儿童文学研究方向的招生简章要求—博士生新生考试、面试、录取—博士生课程教学—博士论文选题设定—博士论文预答辩—博士论文答辩—博士学位授予、毕业的全过程，均以儿童文学为目标，导师本人也均是当代儿童文学界活跃的理论批评家或作家。这些高校的博士生，从被录取进校起，就有明确的儿童文学博士生身份与攻博目标。难能可贵的是，他们毕业后从事的职业，绝大部分都与儿童文学有关，或在高校执教儿童文学，或在出版机构从事儿童文学图书编辑，或专注儿童文学创作等，他们之中已有部分成长为新时代儿童文学界的知名理论批评家、作家、出版家与阅读教学专家。因而从北京师范大学、上海师范大学、东北师范大学等高校毕业的儿童文学博士生，是我国儿童文学理论研究人才培养的最高端与重镇，这批博士研究生所撰写的博士学位论文，构建了我国儿童文学博士论文的主体。这是儿童文学博士论文生产的第一种方式，也是最重要的方式。为方便研究，我们把这部分儿童文学博士论文称为"第一方阵"。

统计1999年至2016年百篇儿童文学博士论文，"第一方阵"共有47篇，几乎占了百篇论文的一半，其中北京师范大学有29篇，占比四分之一以上。上海师范大学有14篇，东北师范大学为4篇。

这47篇博士论文按内容分析，涉及儿童文学基础理论研究与作家作品研究，儿童文学发展历史研究，儿童文学文体研究（含童话、儿童小说、儿童诗歌、儿童戏剧、儿童电影、图画书等），中外儿童文学关系与比较研究，儿童文学跨界研究等。以下是对此47篇博士论文内容的具体分类（按论文题目、学校、博士生姓名、答辩时间、导师排序）。

1. 儿童文学基础理论研究与作家作品研究14篇

《儿童文学叙事研究》，北京师范大学金莉莉，2004，导师王泉根。
《儿童文学的童年想象》，北京师范大学张嘉骅，2004，导师王泉根。
《都市里的青春写作：论"70后"作家群的小说创作》，北京师范大学李虹，2005，导师王泉根。《幻想世界与儿童主体的生成》，北京师范大学王玉，2005，导师王泉根。《植物与儿童文学研究》，上海师范大学谢芳群，2005，导师梅子涵。《轻逸之美——对儿童文学艺术品质的一种思考》，上海师范大学陈恩黎，2006，导师梅子涵。《童年之美》，上海师范大学唐灿辉，2006，导师梅子涵。《雅努斯的面孔：魔幻与儿童文学》，上海师范大学钱淑英，2007，导师梅子涵。《老头子做事总不会错——论儿童文学中的老人角色》，上海师范大学孙亚敏，2007，导师梅子涵。《论现代中国儿童文学经典的生成——以〈百年百部中国儿童文学经典书系〉为中心》，北京师范大学许军娥，2008，导师王泉根。《论儿童文学的教育性》，东北师范大学侯颖，2008，导师朱自强。《儿童文学理论的基本问题与方法》，东北师范大学赵大军，2008，导师逄增玉。《儿童文学的游戏精神》，上海师范大学李学斌，2010，导师梅子涵。《从文学经典到数码影像——跨媒介视域中的〈宝葫芦的秘密〉》，上海师范大学王晶，2010，导师梅子涵。

2. 儿童文学发展历史研究 9 篇

《中国儿童文学与现代化进程》，东北师范大学朱自强，1999，导师孙中田。《论现代文学与晚清民国语文教育的互动关系》，北京师范大学王林，2004，导师王泉根。《从谢冰心到秦文君——中国儿童文学中的女性主体意识》，北京师范大学陈莉，2007，导师王泉根。《三维视野中的香港儿童文学》，北京师范大学苏洁玉，2007，导师王泉根。《生态批评视野下的中国当代儿童文学》，北京师范大学郝婧坤，2008，导师王泉根。《论中国现代儿童文学初创期（1917年至1927年）的外来影响——以安徒生童话为个案》，北京师范大学王蕾，2008，导师刘勇。《中国新疆维吾尔族儿童文学研究》，北京师范大学阿依吐拉·艾比不力，2011，导师王泉根。《天籁的变奏——中国童谣发展史论》，北京师范大学涂明求，

2012，导师王泉根。《新疆多民族儿童文学主题研究》，北京师范大学王欢，2016，导师王泉根。

3. 儿童文学文体研究（含童话、儿童小说、儿童诗歌、儿童戏剧、儿童电影、图画书等）13篇

《成长与性——中国当代成长主题小说的文化阐释》，北京师范大学张国龙，2005，导师王泉根。《论以儿童文学为根基的儿童戏剧教育》，上海师范大学赵靖夏，2006，导师梅子涵。《论中国当代儿童电影的基本精神》，北京师范大学郑欢欢，2007，导师王泉根。《动物小说——人类的绿色凝思》，上海师范大学孙悦，2008，导师梅子涵。《多维视野中的动物小说研究》，北京师范大学李蓉梅，2009，导师王泉根。《类型视野中的儿童幻想电影研究》，北京师范大学左昡，2009，导师王泉根。《童话论》，上海师范大学李慧，2010，导师梅子涵。《现代中国儿童小说主题研究》，北京师范大学王家勇，2011，导师王泉根。《论图画书语言》，北京师范大学赵萍，2011，导师王泉根。《论中国动画电影》，上海师范大学林清，2012，导师梅子涵。《少年小说中的成长书写——以台湾"九歌现代儿童文学奖"获奖作品为研究对象》，北京师范大学谢纯静，2013，导师王泉根。《中国当代儿童戏剧的外来影响与比较研究》，北京师范大学马亚琼，2016，导师王泉根。《童话空间研究》，北京师范大学严晓驰，2016，导师王泉根。

4. 中外儿童文学关系与比较研究7篇

《中西童话的本体论比较研究》，北京师范大学舒伟，2005，导师王泉根。《倾空的器皿——成长仪式与欧美文学中的成长主题》，上海师范大学徐丹，2006，导师梅子涵。《中日现代儿童文学发生期平行比较研究——以中国〈儿童世界〉与日本〈赤鸟〉为核心》，北京师范大学浅野法子，2008，导师王泉根。《中韩现代儿童文学形成过程比较研究》，北京师范大

学张美红，2008，导师王泉根。《格林童话的产生及其版本演变研究》，上海师范大学彭懿，2008，导师梅子涵。《安徒生对孩童世界的开启及其现代意义》，北京师范大学李红叶，2011，导师王泉根。《日本儿童文学中的传统妖怪》，上海师范大学周英，2011，导师梅子涵。

5. 儿童文学跨界研究4篇

《出版文化视野下的中国当代儿童文学——以20世纪90年代末至今为个案》，北京师范大学陈苗苗，2007。《儿童文学与新马华文教育研究》，北京师范大学陈如意，2008。《改革开放以来中国儿童书籍出版史论》，北京师范大学崔昕平，2012。《儿童文学与香港小学语文教育的对策研究》，北京师范大学谢炜珞，2012。以上4篇博士论文的导师均为王泉根。

如上所述，1999年至2016年间的100篇与儿童文学相关的博士论文中，有69篇博士论文属于中国现当代文学专业，除了北京师范大学、上海师范大学、东北师范大学的47篇博士论文是以"中国现当代文学专业儿童文学研究"为方向以外，还有22篇博士论文是以"中国现当代文学专业现代文学"或"当代文学"作为研究方向的，以下是按答辩通过的时间顺序整理的这22篇博士论文的题目、学校、博士生姓名、答辩时间、导师名单：

《蝶与蛹——关于中国当代小说成长主题考察与思考》，北京大学李学武，2001，导师曹文轩。

《"主体"之生存——当代成长主题小说研究》，南京大学樊国宾，2002，导师丁帆。

《从"训诫"到"交谈"——中国新时期童话创作发展论》，华中师范大学冯海，2003，导师张永健。

《儿童的发现与中国现代文学》，复旦大学王黎君，2004，导师吴立昌。

《近二十年来中国小说的儿童视野》，四川大学何卫青，2004，导师赵毅衡、曹顺庆。

《中国现代文学中的儿童叙事》，中国社会科学院研究生院朱勤，2005，导师杨义、李存光。

《精神探索、苦难展示与被动化存在》，吉林大学王文玲，2006，导师张福贵。

《重塑民族想象的翅膀——20世纪中国科幻小说研究》，兰州大学王卫英，2006，导师常文昌。

《荆棘路上的光荣——中国现代儿童文学史论》，山东师范大学杜传坤，2006，导师姜振昌。

《新时期小说中的未成年人世界》，华东师范大学齐亚敏，2007，导师马以鑫。

《呼唤和谐的儿童本位观——儿童文学与小学语文教育》，吉林大学赵准胜，2007，导师张福贵。

《"人"与"自我"的诗性追寻——中国现代文学中的回忆性童年书写研究》，南京师范大学谈凤霞，2007，导师朱晓进。

《20世纪中国成长小说研究》，上海大学徐秀明，2007，导师葛红兵。

《行进中的"小说"中国——当代成长小说研究》，苏州大学钱春芸，2007，导师曹惠民。

《当代儿童文学的文化大革命十年——1966~1976文革儿童文学史研究》，吉林大学杜晓沫，2009，导师黄也平。

《中国现代成长小说研究》，山东师范大学顾广梅，2009，导师朱德发。

《中国现当代幻想文学研究》，中国社会科学院研究生院金南玢，2010，导师张中良。

《另一种现代性诉求——1875~1937儿童文学中的图像叙事》，山东师范大学张梅，2011，导师魏建。

《尘埃下的似锦繁花：中国现代儿童诗史论》，湖南师范大学刘汝兰，2011，导师谭桂林。

《大众传媒语境下的儿童文学传播障碍归因研究》，山东师范大学王倩，2012，导师王万森。

《自娱与承担：中日儿童文学比较研究——以创始期为中心》，中山大学刘先飞，2012，导师林岗。

《新时期儿童文学中的生态伦理意识研究》，山东师范大学田媛，2013，导师吕周聚。

以上22篇博士论文的选题内容有一显著特点，即均是立足于现代文学或当代文学，在中国现当代文学历史范围内探讨儿童文学，以及与儿童文学密切相关联的成长小说、幻想文学、科幻文学等，论题都集中于"中国""现当代时期""作家作品"这几个关键词，基本上不涉及中外交流，更不涉及古代。这22篇博士论文有力地丰富并扩大了儿童文学的研究视角、研究内涵，是新世纪儿童文学理论研究的重要收获。我们把这22篇论文称为儿童文学博士论文生产方式的"第二方阵"。

三

根据博士论文来源，我国儿童文学博士论文的生产还有另一种方式，即不是出于中国现当代文学专业，而是分布在其他更多的学科专业之中，包括文艺学、外国文学、教育学、民俗学、传播学等。博士生导师既不专门研究儿童文学，也不从事现当代文学，而是文艺学、外国文学以及教育学、传播学、民俗学等相关学科的教授、专家。为方便研究，我们把这部分论文称为儿童文学博士论文生产方式的"第三方阵"。

经抽检1999年至2016年的100篇与儿童文学相关的博士论文，属于"第三方阵"的论文计有31篇，分述如下：

中国古代文学1篇：《汉魏晋南北朝寓言研究》，复旦大学权娥麟，2010，导师郑利华。

文艺学4篇：《西方寓言理论及其现代转型》，南京大学罗良清，2006，导师赵宪章。《中国发生期儿童文学理论本土化进程研究》，南开大学李利芳，2006，导师刘俐俐。《女性创作与童话模式——英国十九世纪女性小说创作研究》，华中师范大学戴岚，2007，导师陈勤建。《论安徒生童话里的"东方形象"》，暨南大学彭应翃，2011，导师饶芃子。

文艺民俗学1篇：《林兰民间童话的结构形态与文化意义研究》，华东师范大学黎亮，2013，导师陈勤建。

中国少数民族语言文学2篇：《伪满时期的蒙古族儿童文学研究——以伪满洲国蒙古文机关报为中心》，中央民族大学水花，2009，导师萨仁格日勒。《内蒙古当代儿童小说主题研究》，内蒙古大学乌云毕力格，2013，导师全福。

比较文学与世界文学4篇：《马克·吐温青少年题材小说的多主题透视》，上海师范大学易乐湘，2007，导师郑克鲁。《晚清儿童文学翻译与中国儿童文学之诞生——译介学视野下的晚清儿童文学研究》，复旦大学张建青，2008，导师谢天振。《从歌德到索尔·贝娄的成长小说研究》，吉林大学买琳燕，2008，导师傅景川。《格林童话在中国》，四川大学付品晶，2008，导师杨武能。

英语语言文学3篇：《无尽的求索和虚妄的梦——美国成长小说艺术和文化表达研究》，上海外国语大学孙胜忠，2004，导师虞建华。《幻想与现实：二十世纪科幻小说在中国的译介》，复旦大学姜倩，2006，导师何刚强。《童话的青春良药："白雪公主"与"睡美人"的青春改写》，上海外国语大学阙蕊鑫，2009，导师张定铨。

德语语言文学3篇：《德国浪漫主义时期童话研究》，北京外国语大学刘文杰，2006，导师韩瑞祥。《"童话"中的童话——论童话〈渔夫和他的妻子〉在君特·格拉斯小说〈比目鱼〉中的改写和作用》，上海外国语大学丰卫平，2006，导师卫茂平。《埃里希·凯斯特纳早期少年小说情结和原型透视》，上海外国语大学侯素琴，2009，导师卫茂平。

戏剧戏曲学1篇：《中国儿童剧导演艺术研究》，中央戏剧学院徐薇，2006，导师白栻本。

广播电视艺术学2篇：《中国儿童电视剧的审美文化研究》，中国传媒大学朱群，2009，导师蒲震元。《中国儿童电视剧55年》，中国传媒大学土利剑，2013，导师刘晔原。

学前教育学6篇：《幼儿喜爱之幽默图画书的特质》，北京师范大学周逸芬，2001，导师陈帼眉。《幼儿图画故事书阅读与发展研究》，北京师范大学康长运，2002，导师庞丽娟。《童话精神与儿童审美教育》，南京师范大学闫春梅，2007，导师滕守尧。《教师引导对大班幼儿故事听读理解影响研究——以"同伴交往"主题作品为例》，北京师范大学高丽芳，2008，导师刘焱。《小、中、大班幼儿对故事的阅读理解与听读理解的比较研究》，北京师范大学张玉梅，2009，导师刘焱。《学前儿童图画故事书阅读理解发展研究——多元模式意义建构的视野》，华东师范大学李林慧，2011，导师周兢。

　　教育学原理（课程与教学论）2篇：《儿童文学，一种重要的课程资源》，北京师范大学赵静，2002，导师裴娣娜。《清末民国小学儿童文学教育发展研究》，北京师范大学张心科，2010，导师郑国民。

　　中国近现代史1篇：《近代儿童文艺研究》，北京师范大学谢毓洁，2008，导师史革新。

　　新闻学1篇：《中国近代儿童报刊的历史考察》，中国人民大学傅宁，2005，导师方汉奇。

　　"第三方阵"儿童文学博士论文生产的特点是：博士生导师属于相关学科的教授、专家，他们指导的博士研究生的博士论文选题，无疑是立足于自身学科专业范围，并不是为了儿童文学，但论文选题内容所提出与需要解决的问题则与儿童文学密切相关，因而明显地具有跨领域、跨学科的交叉研究性质。例如，《林兰民间童话的结构形态与文化意义研究》（华东师范大学黎亮，2013），是民俗学中的文艺民俗学与儿童文学的交叉研究。《童话精神与儿童审美教育》（南京师范大学闫春梅，2007），是学前教育学与儿童文学的交叉研究。《清末民国小学儿童文学教育发展研究》（北京师范大学张心科，2010），是教育学中的课程与教学论与儿童文学的交叉研究。《"童话"中的童话——论童话〈渔夫和他的妻子〉在君特·格拉斯小说〈比目鱼〉中的改写和作用》（上海外国语大学丰卫平，2006），是德语语言文学与儿童文学的交叉研究。《中国儿童电视剧55年》（中国传媒大学王利剑，2013），是广播电视艺术学与儿童文学的交叉研究。

　　如上所示，"第三方阵"儿童文学博士论文的撰写主体是其相关学科专业，如文艺民俗学、学前教育学、教育学（课程与教学论）、德语语言文学、广播电视艺术学等。这些学科都有自己的研究领域、理论体系、研究方法和专门的术语系统。这些与儿童文学相关的博士论文，显然需要立足于自身学科的理论体系、研究方法和专门术语，运用跨学科的研究方法，拓宽新的理论话语。因而这类儿童文学博士论文，对于自身的学科专业而言，是一种新问题的提出，新资料的发现，新领域的开拓。对于儿童文学而言，则拓宽了儿童文学的研究领域与理论视野，给儿童文学提供了新的研究成果与理论启示。这就是跨学科、跨领域研究带来的好处。

跨学科研究根据视角不同，可分为方法交叉、理论借鉴、问题拉动、文化交融四个层次。试以北京师范大学教育学专业博士论文《清末民国小学儿童文学教育发展研究》（张心科，2010）为例，该论文属于教育学中的课程与教学论研究，"试图对清末民国小学儿童文学教育发展历程做深入研究，来探索当下儿童文学和语文教学中的文学教育问题，并力图预示儿童文学教育的走向"①。论文"采用文学、教育、历史跨学科交叉研究的方法，以教育宗旨、儿童观及文学功能为视角，以课程（课程思想、文件及教材）和教学（教学内容、过程及方法）为切入点，对清末民国的小学儿童文学教育进行了较为系统、深入的分析，梳理出其发展的脉络"。儿童文学教育是语文教育的重要内容，儿童文学直接联系着语文教材、课程资源与未成年人的文学阅读能力培养，因而这篇博士论文提出和研究的问题，对于当前儿童文学与小学课程资源、语文教育研究、阅读传播、校园文化建设等，都有实质性的意义与启示。

<h2 style="text-align:center">四</h2>

如上所述，我国儿童文学博士论文的生产主要来自以上三种方式：一是明确以儿童文学作为博士研究生培养方向的儿童文学主体性研究方

---

① 郑国民：《〈清末民国儿童文学教育发展史论〉序》，见张心科著《清末民国儿童文学教育发展史论》，北京师范大学出版社，2011年。

式，即上文所述的"第一方阵"；二是立足于中国现当代文学历史范围内探讨儿童文学的衍生性研究方式，即上文所述的"第二方阵"；三是以原学科研究为中心涉及儿童文学的跨领域、跨学科的交叉研究方式，即上文所述的"第三方阵"。以上三种出于不同研究目的的博士论文汇聚在一起，共同促进了新世纪以来我国儿童文学理论研究的发展与高层次专业人才的培养。如果我们将这三种方式及各自的特色、优势加以比较与综合分析，或许能从中找到当代儿童文学学科建设与学术研究的一些基本规律，并从中探析制约儿童文学学科建设的瓶颈，拓宽儿童文学学术研究的发展空间。应当说，由此引发的启示与思考是多方面的。

第一，儿童文学是一门综合性学科。

现行的学科分类与学科级别是由国务院学位委员会办公室、教育部学位管理与研究生教育司（一套班子两块牌子）制定的，名谓《授予博士、硕士学位和培养研究生的学科、专业目录》，于1997年公布实施。按此文件，现行所有学科分成学科门类、一级学科、二级学科（三级学科实际上是二级学科下属的研究方向）。其中，中国语言文学为一级学科，下设8个二级学科，即文艺学、语言学与应用语言学、汉语言文字学、中国古典文献学、中国古代文学、中国现当代文学、中国少数民族语言文学、比较文学与世界文学。儿童文学被归整到中国现当代文学二级学科里面。

但在中国语言文学范畴之中，儿童文学与其他文学专业，如文艺学、中国古代文学、中国少数民族语言文学、比较文学与世界文学等相比较，具有明显的交叉性与跨学科性。其根本原因在于，儿童文学是以读者对象（儿童）命名的文学类型，因而如何理解与把握儿童的特点以及儿童接受文学的特殊性，就成了这门学科的前义。这样儿童文学自然而然地与教育学、心理学、艺术学、传播学等相关联。更重要的是，从系统论的观点看待儿童文学学科，儿童文学研究实际上包含了文学内部研究与文学外部研究这样两个系统。具体而言，儿童文学的内部研究包括儿童文学的基础理论，儿童文学发展史论（古代、近现代、当代），儿童文学文体论，儿童文学作家作品论，儿童文学创作方法论，儿童文学中外交流互鉴论等；而儿童文学的外部研究则涉及儿童文学与教育学（特别是学前教育、课程与教学论中的语文教育），儿童文学与传播学（特别是其中的出版学），儿童文学与艺术学（如儿童文学与戏剧学、儿童文学与电影学、电视学、儿童文学与美术学），儿童文学与民俗学（特别是民间文艺、民间文学），儿童文学与语言学（特别是外国语言文学、中国少数民族语言文学）。

第二，儿童文学不能被束缚在"中国现当代文学"二级学科里面。

由上分析观之，按照《授予博士、硕士学位和培养研究生的学科、专业目录》所规定的现行学科、专业分类，将儿童文学仅仅放在中国现当代文学二级学科专业里面，作为其中的一个研究方向，显然既不合理，更不科学。借用唐代诗人韩愈《山石》诗中的一句，那真是"岂必局束为人靰"，严重制约了儿童文学的学科建设与学术研究。

因为，如果我们只是将儿童文学视为中国现当代文学专业下面的一个研究方向，那么，儿童文学只能在中国现当代文学范围里面兜圈子、找题目，有关儿童文学基础理论、儿童文学文体论、古代儿童文学、外国儿童文学、少数民族儿童文学，尤其是儿童文学与教育学、艺术学、传播学、民俗学等跨学科跨领域的研究课题，都将是师出无门，不属于现当代文学本专业研究范围。本文所论述的以上100篇儿童文学博士论文，出于中国现当代文学专业的论文，有多篇突破现当代文学的束缚，而涉及儿童文学基础理论、文体类、外国儿童文学以及教育学、传播学、艺术学等学科，主要出自北京师范大学、上海师范大学、东北师范大学这三所高校的儿童文学博士生，是这三所高校的博士生导师有意识地突破学科专业束缚，开疆拓土，将博士论文的选题引向并渗透到更广阔的领域之中。

但据笔者所知，这些具有跨专业意图的博士论文，实际上在送外校专家评审以及预答辩等环节中，多少会遭到现当代文学"同行专家"的质疑，甚至提出不符合专业范围的评审意见。为了求得儿童文学的发展，相关导师自然必须与现当代文学"搞好关系"。笔者从2001年起在北京师范大学担任"中国现当代文学专业儿童文学研究方向"的博士生导师，先后指导29位博士顺利毕业。当时为使博士生的论文选题突破现当代文学范围的束缚并顺利通过评审、答辩，实在是煞费苦心。幸蒙现当代文学学科带头人王富仁、刘勇教授等对儿童文学的全力支持与呵护，方使儿童文学博士生培养在北京师范大学有了从容发展的平台，营造出一方天地。特别难得的是，在北京师范大学研究生院的支持下，经学校评审决定，从2006年起，儿童文学作为与中国现当代文学并列的二级学科，单独招收儿童文学硕士研究生（博士研究生招生仍在中国现当代文学专业）。

儿童文学要突破中国现当代文学二级学科的束缚，实在亟须"自立门户"。实际上，我们从以上100篇博士论文的学科布局可知，那些跨学科跨领域的交叉研究，也即儿童文学外部研究的论文，更多地来自教育学、艺术学、民俗学以及中国语言文学一级学科下面的文艺学、少数民族语言文学等二级学科，这也从另一个方面印证了儿童文学不能被束缚在"中国现当代文学"二级学科里面的必然性。

第三，儿童文学学科新的生长与发展希望。

综上所述，无论是儿童文学研究自身的学科特点，还是本文所论述的这100篇儿童文学博士论文的现实生产状况，都在明确地揭示一个观念：儿童文学应当而且必须独立成类，自立门户，成为一门中国语言文学一级学科下面的并列于文艺学、中国古典文献学、中国古代文学、中国现当代文学、中国少数民族语言文学、比较文学与世界文学等学科的独立的二级学科。非如此，儿童文学学科无法得到应有的发展，那种"局束为人靰"的不合理不科学的状况，也无法得到根本的改变。正因如此，国内多所高校的教授尤其是儿童文学学科先辈专家、浙江师范大学蒋风教授，曾多次撰文吁请相关职能部门给儿童文学二级学科的地位（蒋风：《儿童文学在中国：作为一门学科处境尴尬》，《文艺报》2003年9月2日），但情况依然照旧。

转机出现在2009年，教育部印发了《学位授予和人才培养学科目录设置与管理办法》，对二级学科设置办法进行了改革：学位授予单位可在获得授权的一级学科下，自主设置与调整二级学科和按二级学科管理的交叉学科。同时，1997年颁布的《授予博士、硕士学位和培养研究生的学科、专业目录》中的二级学科，仍是学位授予单位招生、培养人才的重要依据。

根据这一文件精神，凡是国内高校已经获得授权的一级学科，可以：(1)自主设置与调整二级学科；(2)自主设置按二级学科管理的交叉学科。前提是这个学科必须已经获得教育部授权的一级学科资质。按此文件，我们已经欣喜地看到，在新世纪进入第二个十年后，在教育部逐年公布的《学位授予单位（不含军队单位）自主设置二级学科和交叉学科名单》中，北京师范大学已经在授权的一级学科"中国语言文学"下，自主设置了"儿童文学"为二级学科。浙江师范大学则将"儿童文学"设置为交叉学科（涉及教育学、中国语言文学、外国语言文学三个一级学科，设儿童文学创作与批评、中外儿童文学史、儿童文学的跨学科研究三个研究方向）。这是新时代儿童文学学科建设的新力量、新作为，相信儿童文学博士研究生的培养与儿童文学博士论文的生产将踏上一个新的台阶。

正是在新时代新作为的惠风吹拂下，作家出版社决定推出我国教育史、出版史上的第一套"儿童文学博士文库"，第一辑21种，其中包括5位导师的著作与16位博士的博士学位论文。这16部儿童文学博士论文，主要来自北京师范大学、上海师范大学、东北师范大学，很明显，所选都是明确以儿童文学作为博士研究生培养目标的儿童文学主体性研究方式（即上文所述的"第一方阵"）产生的博士学位论文。

"儿童文学博士文库"的出版，既是对儿童文学专业高层次人才培养与学科建设的有力支持，同时也是促进新时代儿童文学理论发展的有力举措。我们欣喜地看到，新世纪以来我国自主培养的这一大批儿童文学博士生，正在成长为新一代儿童文学理论工作者，他们中的拔尖人才，已成为当今知名的理论批评家、作家、出版家与阅读教学专家，是中国儿童文学新一代的理论批评、学术研究、学科建设的接力者、领跑者。长江后浪推前浪，相信中国儿童文学理论建设与学术研究在一棒接一棒的接力中，必将日日新，又日新，为建设具有中国特色、东方智慧的儿童文学理论体系做出更大的成绩。

2020年10月15日于北京师范大学

目录
Contents

绪

论

　　美学家朱光潜先生提出的"人生艺术化"的美学观点我非常赞同，人生是离不开审美的，没有审美的人生是枯死的人生。

　　童年，因为距离，因为失而不得，因为童年本身的种种魅力，除了少数童年极其不幸的人，几乎所有人或多或少都能做审美的把握。即便那些童年不幸的人，也能跳开一己的感受，对童年作超然的审美。比如早年丧孤的福禄贝尔，却为儿童们造了一个世界花园，教导教师要用园丁对待花朵那样的感情来对待孩子，目的无外乎就是让孩子感受到童年的幸福。

　　可惜一旦人人面对自己孩子童年或是教育工作者面对受教者的童年，情况却发生了变化。好像他们不端起架子，不板起面孔，便做不成大人似的。跟孩子说话，眨一下眼也非得有含义不可。更别说有些大人孩子还没出世，就已经设计好了框住他一生的套子，无外乎提高孩子竞争力，孩子有出息大人有面子，孩子有成就老来有依靠的思想作怪。童年成了人生竞技场的第一站，孩子则被剥夺了儿童的天性，过早训练成了心灵坚硬情感麻木的"角斗士"。童年这棵春天的小树，树叶和蓓蕾都成了多余，咔咔咔，剪刀飞快，剪剩一段光秃秃的枝干（成人不是认为孩子有智识就有一切吗？）。这样的小树，也许能够侥幸存活，但也不能高兴太早。多半这棵树长到一定程度，就会发现心已经一半枯死在里面。

英国儿童文学作家大卫·麦基的图画书《等一会儿，聪聪》，用简单的故事向我们阐释了成人普遍漠视童年的事实。

> 聪聪说："嗨，老爸!"
>
> 爸爸说："等一会儿，聪聪。老爸现在没空。"
>
> 聪聪说："嗨，妈妈!"
>
> 妈妈说："等一会儿，聪聪。妈妈现在没空。"
>
> 聪聪说："妈妈，花园里有一只怪兽要吃我。"
>
> 妈妈不耐烦地说："等一会儿，聪聪。妈妈现在没空!"
>
> 聪聪一个人来到了花园。他对怪兽说："嗨! 你好，怪兽!"
>
> 怪兽一口就把聪聪吃掉了。然后，怪兽走进了聪聪的家。
>
> 怪兽走到聪聪妈妈的背后，大叫了一声。聪聪的妈妈说："等一会儿，聪聪。妈妈现在没空。"
>
> 怪兽张大嘴巴，咬了聪聪爸爸一口。聪聪的爸爸说："等一会儿，聪聪。爸爸现在没空。"
>
> "吃晚饭了。"聪聪的妈妈说。妈妈把聪聪的晚饭放在电视机前。
>
> 怪兽把晚饭吃了个精光。它还看了一会儿电视。读了一本聪聪的漫画书。摔坏了一件聪聪的玩具。
>
> 聪聪的妈妈大喊："聪聪，该上床睡觉了。你的牛奶已经拿上去了。"
>
> 怪兽上楼准备睡觉。怪兽喝了一口牛奶，大声说："喂，我可是一只怪兽啊。"
>
> "聪聪，妈妈现在没空，赶快睡觉吧!"聪聪的妈妈慈爱地说。①

---

① ［英］大卫·麦基:《等一会儿，聪聪》，秋月译，少年儿童出版社，2005年。

大卫·麦基有"寓言大师"之誉，图画书《等一会儿，聪聪》的确是一个让人触目惊心的寓言。爸爸妈妈为聪聪准备了生存的条件：晚饭、电视、漫画书、玩具、牛奶、准时的作息，父母似乎为此一刻不停地忙碌，但是对聪聪的恐惧和多次呼救却毫不在意，哪怕怪兽吃掉了聪聪、代替了聪聪，他们仍然毫无察觉。因此，吞噬聪聪的怪兽，其实就是成人世界对童年心灵的忽视和漠然。蓝色的怪兽就是成人心灵对童年生命的冷漠。成人都曾有过自己的童年，可以说，对现在童年生命的冷漠就是对自己过去生命的冷漠，对生命的冷漠导致的结果当然是生命的摧残和凋零，世上每天不知道有多少聪聪就这样奇怪地被怪兽们吃掉了。

现代社会异化的阴霾并不能遮住真理的亘古晴空。诗人说树木是大地写给天空的诗行。孩子呢，是神赐给这个世界的天使。童年呢，是让天使快乐飞翔的天空。德国作家诺瓦利斯说，无论什么地方，只要有孩子，就会有一个黄金时代。法国著名文学家保罗·亚哲尔说，童年是幸福的岛屿，是孩子们的幸福受到保护的岛屿，是孩子们可以依照自己的规定，永远繁荣的共和国，是拥有特惠权的一个阶段。①

纪伯伦则直接告诫父母：

你们的孩子，都不是你们的孩子。

乃是生命为自己所渴望的儿女。

他们凭借你们而来，却不是从你们而来，

他们虽和你们同在，却不属于你们。②

---

① ［法］保罗·亚哲尔：《书·儿童·成人》，傅林统译，富春文化事业股份有限公司，1999年，第198页。
② ［黎巴嫩］纪伯伦：《先知》，冰心译，见《冰心著译选集·下册》，卓如编，海峡文艺出版社，1986年，第11页。

　　记住：孩子，不是大人手里捏着的一根杖。因为你们若是弓，你们的孩子就是从弓上发出的生命的箭矢。那我们看不见的射者在无限的地方选择着目标，他的神力使你们充满力量，让他的箭矢迅疾地远射而去。

　　因此——

　　让我们对童年多做一点审美的观照吧，孩子拥有童年的权利与你拥有童年的权利并无二致，他有他的，你有你的，你并没有因为是大人就被赋予更多的优越感。诗人在继续吟唱："让你们在射者手中的弯曲成为喜乐吧；因为他爱那飞出的箭，也爱了那静止的弓。"

　　让童年的灵辉更多地闪射在我们的幽深心穴里吧，每个人都该是神灵和昊天的孩子，你和你的孩子，你孩子的孩子，都是这自然独一无二的杰作。在孩子清纯的眼眸中洗去俗世的灰尘吧，童年在等着你遥望，等着你找到回家的路。

　　是啊，生命如此美好，如此珍贵，记住啊，无论如何，所有的人生都只有一趟，所有的童年都只有一趟。所以，我也想学着做一面路牌，插在童年的路旁，写着：慢慢走，请欣赏啊！

童年之神
——从彼得·潘说起

> 事情就是这样周而复始，只要孩子们是快活的，天真的，
> 没心没肺的。①
>
> —— [英] 巴里：《彼得·潘》

美国心理学家杰罗姆·布鲁纳认为，伟大的艺术作品的特性在于，其隐喻技巧以及交叉重叠不仅具有惊异价值，而且还富有启发性的真实感。这两者的结合就产生了"有效的惊异"。艺术作品中隐喻的转化使得看似有限的符号意义扩展到整个经验范围内，从而具有认知的经济性和简约性功能。神话则是外在的现实和人的内在困境的回声，也就是说，神话只要是恰当和合适的，就能够为通过故事化的情节和人物形象来体现和表征人类困境提供一种现成的外化手段。自然，神话也具备了艺术创造的经济简约功能，即用一种适当的形式来表征复杂事物的结构，为人类提供了一种能够共享的出路。②如果略嫌杰罗姆·布鲁纳的表述过于专业和陌生，我们并不需要舍近求远地去寻找古神话的宝库来印证，无

---

① [英] 巴里：《彼得·潘》，杨静远、顾耕译，三联书店，1995年，第240页。
② [美] 杰罗姆·布鲁纳：《论左手性思维——直觉能力、情感和自发性》，彭正梅译，上海人民出版社，2004年，第34—37页。

疑，在儿童文学中就有现成的例子。

《彼得·潘》诞生一百年来，年复一年永不停止永受欢迎地在金光闪闪的圣诞节上演，这本身就像一个神奇的神话。更加神奇的是，不只是英国的孩子喜欢《彼得·潘》，全世界的孩子都喜欢；还要神奇的是，不只全世界的孩子喜欢，全世界的大人也喜欢。大孩子詹姆斯·巴里把希腊神话中潘神一词做这个世界上最特别的孩子的姓。

查阅《神话辞典》有关于"潘"的详细介绍：潘是阿耳卡狄亚的森林和丛林之神，出生时，浑身长毛，头上长角，有山羊的蹄子和弯鼻子，有胡须和尾巴。他母亲看到婴儿的长相，惊恐中把他抛弃。但是孩子的模样引起丛神发笑，人家全都很喜欢他，允许他加入神的行列，并给他取了个名字叫潘。在古希腊人的观念里，潘是位快乐的神。他徜徉于群山之上和森林之中，和神女们一起翩翩起舞，吹奏着他自己发明的芦笛。但是，他有时不喜欢别人打搅他，他也离群独处。他会使那些扰乱他清静的人感到"丧魂落魄"的恐惧。希腊人相信，只要他大吼一声，军人们就会纷纷逃跑。因此，在许多地方，潘被尊奉为助战之神。①

对照"潘"的资料，熟悉《彼得·潘》的读者一定不难发现巴里从这个希腊神那里得到了诸多灵感。巴里当然给潘整了容，彼得·潘只是一个一口乳牙、看着惹人疼的孩子。他也不是被母亲抛弃，而是一出生就从家中逃出来，逃的时候必定不是用腿跑，大概是一眨眼就从婴儿室里飞了出去，谁叫他的父母让他听到要他长大，计划着让他变成什么什么样的人呢？他也是离群索居，"右手第二条路，然后一直向前，直到天亮"，这个地址的尽头会有一个岛在眺望着潘的归来，这个岛叫永无乡，概念的性质大致相当于陶渊明的"桃花源"，但内容完全不同。彼得·潘也和仙人们住一起，这些仙人却是从婴儿第一次的笑声而来的，婴儿的

---

① ［苏联］M.H.鲍特文尼克等：《神话辞典》，黄鸿森、温乃铮译，商务印书馆，2004年，第233页。

第一次笑声会裂成一千块，这些笑到处蹦来蹦去，仙人们就从此产生。彼得·潘收留一些不愿长大的男孩子，他们从家里逃出来，和彼得·潘快活地住在永无乡，彼得·潘就是他们的队长。彼得·潘也像潘神一样喜欢吹芦笛。他也保留着潘神快乐的品质，一不留神，他就得到好多女孩的亲吻。他的笑声也动听极了，每次笑还是婴儿第一次那样的笑声，或者说每次笑得快乐美好如同第一次微笑。这毫不奇怪，因为"所有的孩子都要长大，只有一个例外"。童话开篇这句话就是彼得·潘的名片。他是全世界孩子——那些没有长大或者已经长大还记得童年的人——共同的神。

正是这篇童话在取名和构思上与神话的血缘关系，一个神话人物出现在童话中，神奇开始了，布鲁纳所谓神话具有的经济简约功能或许因此更加突出。

在汉语文化中，陶渊明虚构的世外桃源象征了成人对远离纷争、和谐相处的美好世界的向往，"世外桃源"从此成为历代心灵超脱俗世羁绊的理想驻地，这个词语从而具有强大的概括性，这是从艺术上或者想象上为不堪战乱蹂躏之苦的人们寻找了一种精神上的出路。它产生后，就如同神话一样成为模式，牢固地存在于人们的观念中，这就是布鲁纳的神话经济简约功能。

《彼得·潘》同样具备神话经济简约功能，又因为它表达得更加巧妙更加深邃，从而使这种功能的传达更加立体。总的来说，巴里的《彼得·潘》象征了人类对永存美好的童年的无限神往。

一、彼得·潘来了

巴里的叙述策略是和感情同步开场的，故事充满家庭甜蜜气氛的开始便渗透出某种谁也无法阻挡的东西到来的感伤。"所有孩子很快都知道他们将要长大成人。温迪是这样知道的：她两岁的时候，有一天她在花园里玩，她摘了一朵花，拿在手里，朝她妈妈跑去。我琢磨，她那个小样儿一定是怪讨人喜欢的，因为，达林太太把手按着胸口，大声说：'要是你老是这么大该是多好呵！'事情的经过就是这样。可是，打那以后，温迪就明白了，她终归是要长大的。人一过两岁就总会知道这一点的。"[①] "要是你老是这么大该是多好呵！"这是一个爱的愿望，而且是一个大人深爱的愿望，希望时间能够停步，永远存留住这一刻的美好，就像看见花开，我们希望这花永远这样怒放下去，永不要凋零，但是我们谁都知道不可能，除非这朵花是非生命体的假花。童年也是如此，这是生命的清晨，是清晨里的朝露，是花朵里的金粉，但是人无法永远停留在这个最美好的一瞬，一天总是还会有烈日当头的正午和暮气四起的黄昏，接着繁星满空的夜晚。也如一年中春天只有一季，后面必定次第跟着夏秋冬，生命永远在轮回，时间永远在飞逝，不会因为某一刻的美好就因此变慢或者停止。永远不会！

但是正因为这根本无法做到，人们才会那样强烈地渴望真实拥有，达林太太才会发出痴人之语，希望自己的宝贝永远这样天真可爱，永远留在爱和美的国度里。

这种淡淡的感伤情绪事实上若隐若现遍布整篇童话，即便在孩子们狂欢的时候。连凶残的海盗胡克在某个瞬间都依稀记起自己也曾是一个可爱稚气的孩子。达林太太唇边那个神秘的、谁也得不到的吻最后原来是留给彼得的，她心匣里最里面的那个小盒子原来是她藏紧自己童年秘密的地方，那当然也是为彼得而留的。达林先生大概永远记不起自己的彼得了，但是在生活中他除了会猜股票，或多或少还保留了一点孩子的天真。尤其是孩子们都飞走后，他住在狗舍里，搬着狗舍上班，发誓孩子们不回来，他绝不离开狗舍。并不是说他对自己的惩罚——住在狗舍

---

① ［英］巴里：《彼得·潘》，杨静远、顾耕译，三联书店，1995年，第1页。

里——有多么崇高舍己，要一个搞得清股票的人兴致勃勃住在狗舍里，实在得说这个人还不算不可爱。当然，不管怎样说，他与彼得无关，哪怕他小时候也可能飞过。

这样，巴里就把这些淡淡感伤像魔粉一样撒在这些成年人的眼里，尽管这是一个关于孩子们的童话，大人们一点也没有成为道具，他们的存在像一道背景，凸现了一个更加真实更加美好的世界，那就是与这个成人世界并存的，然而却是完全不一样的世界——童年。

彼得就是这个世界的化身。世界上其他所有的孩子无一例外毫不怀疑彼得·潘的存在，彼得·潘会自动飞进孩子的梦里，因此他们能够轻而易举地看见彼得，在梦中或在现实，对孩子们又有什么区别呢？彼得在他们的梦里啼叫，在他们的心上写着许多黑体的"彼得·潘"的名字，最关键的是，如果你足够幸运，彼得又没忘记的话，他可以带着你飞，一直飞到永无乡。在没到过彼得的永无乡之前，孩子们每个人在心里都有自己的永无乡："约翰的永无乡里有一个湖泊，湖上飞着许多红鹤，约翰拿箭射它们。迈克尔呢，年纪很小，他的永无乡有一只红鹤，上面有着许多湖泊。约翰住在一只翻扣在沙滩上的船里，迈克尔住在一个印第安人的皮棚里，温迪住在一间用树叶巧妙地缝成的屋子里。约翰没有亲友，迈克尔在夜晚有亲友，温迪有一只被父母遗弃的小宝贝狼。不过总的说来，他们的永无乡都像一家人似的彼此相像。"[1]

达林一家的三个孩子真是幸运，彼得来了，温迪还成为了他和男孩子们的妈妈，彼得带他们飞，"右手第二条路，然后一直向前，直到天亮"，他们到达了充满着冒险和神奇的永无乡。那是一个遥远的海岛，孩子们看见它时像看见老相识那样欢呼，因为那本是他们自己的梦想王国。每个孩子都住在地下的一个树洞里，敌人来的时候就用蘑菇盖住烟囱；

---

[1] ［英］巴里：《彼得·潘》，杨静远、顾耕译，三联书店，1995年，第10页。

蔚蓝的礁湖里，人鱼们用尾巴拍着水泡玩球戏，球门是天边的彩虹；一只肚子里吞下了闹钟的鳄鱼，走近时能够听见闹钟在嘀嗒嘀嗒地走，鳄鱼是海盗胡克的克星；永无鸟用自己的鸟巢做了彼得的船；叮铃铃抢在彼得前面吃了下了毒的水，被天下相信世上有仙人的孩子们的掌声救活过来……一个多么神奇的地方，还有战斗、友爱、公平，成为传说中的英雄……

但是，可悲的是，无论温迪、迈克尔、约翰在永无乡玩得如何快活，无论他们的童年每时每秒过得毫不浪费多有价值，哪怕一辈子都抵不上这时的快乐，他们还得回来，他们还得长大，他们必须回到文明社会，进入成人世界，他们终将丧失飞翔的能力，忘记他们曾经的美梦，甚至忘记他们以前飞过以及彼得·潘的存在。这种无情的命运像双响钟一样呼应着成人世界的那种感伤的魔粉。成人羡慕享受着童年的孩子，向往和彼得·潘一起飞走的日子，可是这些幸运的孩子还是无法阻挡时间的脚步，他们又会变成新的大人，他们有的会把什么都忘记，但更多的人不会忘记，他们又开始了新的一轮守望和感伤。

你看看这些曾经在永无乡上的幸运者，转眼变成了什么样子："你随便哪一天都可以看到孪生子、尼斯和卷毛提着公文包和雨伞向小公室走去。迈克尔是位火车司机。斯莱特利娶了一位贵族女子，所以他成了一位勋爵。你看见一位戴假发的法官从铁门里走出来吗？那就是过去的图图。那个从来不会给他的孩子讲故事的有胡子的男人，他曾经是迈克尔。"就连曾经当了彼得"母亲"的可爱的温迪也结了婚，有了一个女孩简。故事到了快结尾的时候，伤感和遗憾却没有结尾。一天晚上——

简发明了一种游戏，她把床单蒙在母亲和自己的头上，当做一顶帐篷。在黑暗里，两个人说着悄悄话：

"咱们现在看见什么啦？"

"今晚我什么也没有看见。"温迪说，她心想，要是娜娜在的话，她一定不让她们谈下去。

"你看得见，"简说，"你是一个小姑娘的时候，就看得见。"

"那是很久很久以前的事啦，我的宝贝，"温迪说，"哎，时间飞得多快呀！"

"时间也会飞吗？"这个机灵的孩子问，"就像你小时候那样飞吗？"

"像我那样飞！你知道吧，简，我有时候真闹不清我是不是真的飞过。"

"你飞过。"

"我会飞的那个好时光，已经一去不回了。"

"你现在为什么不能飞，妈妈？"

"因为我长大了，小亲亲。人一长大，就忘了怎么飞了。"

"为什么会忘了怎么飞？"

"因为他们不再是快活的，天真的，没心没肺的。只有快活的，天真的，没心没肺的才能飞。"[1]

飞是一种自由自在享受广阔无边的天地的能力，但是成年人的这种能力却消退了，因为他们不再是快活的，天真的，没心没肺的，离开了童年就是离开了乐园，成年人的世界是一个怎样狭窄无趣的世界。就如丰子恺所说，"我们的心天天被羁绊在以'关系'为经、'利害'为纬织成的'智网'中，一刻也不得解放。"[2]不得解放的心怎能自由地飞？

俄国作家索洛乌欣也认为："有些闲得发慌的人计算过（其实每个人都不妨自己计算一下）一个人一生中为了做这样做那样的零星杂事得花

---

① ［英］巴里：《彼得·潘》，杨静远、顾耕译，三联书店，1995年，第232—233页。
② 丰子恺：《丰子恺美术夜谭》，上海人民美术出版社，2004年，第54页。

去多少时间。

"假若人的平均年龄是七十岁，那就是说可以活二万五千余天。要是一个人每天用于刷牙（修面、淋浴）的时间约二十分钟，那么他一生用于这件事的时间总共就要一年左右。至于睡觉一项至少得用去二十年的时间。

"但是谁也不曾去计算一下，人一生中有多少时间是在烦恼中度过的。可我想，人绝大部分时间处于种种烦恼之中。严格地说，人的一生实际上都在烦恼，只是偶尔在极短的时间内才能摆脱这种心情，进入心醉神迷的状态，沉湎于一种兴趣（爱好）之中，从而忘却了时间的存在。

"可见一个人真正醉心于某件事情的瞬间，应当认为是他一生中最可宝贵的时刻。"[①]

索洛乌欣在这篇文章的开篇暗示我们什么是他生命中最可宝贵的时刻。他这样写道："我一如我的祖先，一如地球上所有的人，幼年只能由地上仰望空中的云霞。轻柔的云朵有时洁白明亮，有时金光灿烂，有时又似玫瑰一般嫣红。它们或是庄重地静卧于碧空，或是浮游于天际，勾起我的遐思，使我对其不可企及的高度悠然神往，从而产生一种奇特的、抒情的心绪。如今我已许多次由高空俯视过身下的云烟，许多次径直穿过云层，由下而上或由上而下地在云海中穿行。于是当初我只能从地上仰望浮云时那种可贵的心绪便永远永远不再回到我的身上了。"

童年时从地上仰望浮云时那种可贵的心绪永远永远不再回到他的身上了，那真正沉醉、最可宝贵的时间永远失去了。对索洛乌欣，不只是一种观看的视角改变了他的幸福，其实，是连观察的眼睛也改变了的。因为他不再是一个快活的，天真的，没心没肺的了，他进入了成人的机械世界，哪怕飞机轻而易举能够将你举到云端，穿越云层，那颗童年时无限遐想、无限神往的翅膀却没有了。即便你在云端穿行，你还是无法

---

① ［俄］索洛乌欣：《手掌上的几粒石子》，引自《伏特加酒之歌》，岳永红译编，上海文化出版社，2000年，第337—338页。

获得真正飞翔的能力和快乐。这大概也是成人整日陷在烦恼愁海中的原因之一。

二、彼得·潘又来了

从获得到失去，《彼得·潘》似乎在不断提醒我们这种无尽的遗憾。而叙述中设置的这种客观的时间情境，却具备某种能力促使人物的命运不断向前，永无乡只是最开始的一个幻梦。彼得·潘很久没有出现过了，他还会来吗？在故事的最后，彼得当然来了。有一天晚上，就像多年前达林太太所做的一样，现在做了母亲的温迪也坐在地板上，靠近壁炉，就着火光补袜子。这时，窗子像过去一样吹开了，彼得跳了进来，他还和从前一样，一点也没变，还是长着满口乳牙。可是，温迪已经是一个大人了，长成大人成了一幕悲剧：

> 她在火边缩成一团，一动也不敢动，又尴尬又难堪，一个大女人。
>
> "你好，温迪。"彼得招呼她，他并没有注意到有什么两样，因为他主要只想到自己，在昏暗的光下，温迪穿着那件白衣服，很可看作是他初见她时穿的那件睡衣。
>
> "你好，彼得。"温迪有气无力地回答。她紧缩着身子，尽量把自己变得小些。她内心有个声音在呼叫："女人呐女人，你放我走。"
>
> ……
>
> 温迪站了起来；这时，彼得突然感到一阵恐惧。"怎么回事？"他喊，往后退缩着。
>
> "我去开灯，"温迪说，"你自己一看就明白了。"
>
> 就我所知，彼得有生以来，这是第一次害怕了。"别开灯。"

他叫道。

温迪用手抚摸着这可怜的孩子的头发。她已经不是一个为他伤心的小女孩，她是一个成年妇人，微笑着看着这一切；可那是带泪的微笑。

然后温迪开了灯。彼得看见了，他痛苦地叫了一声；这位高大、美丽的妇人正要弯下身去把他抱起来，他陡然后退。

"怎么回事？"他又喊了一声。

温迪不得不告诉他。

"我老了，彼得。我已经二十好几了，早就长大成人了。"

"你答应过我你不长大的！"

"我没有办法不长大。我是一个结了婚的女人，彼得。"①

从童话开头一个抱着花的两岁的小女孩变成了一个高大美丽的二十多岁的妇人；一个天真地嬉笑着，一个带泪地微笑着；因为她没有办法不长大。我们谁也没有办法。不知道谁把一粒种子放在我们的身体里，我们的成长其实是它在里面的生长，发芽开花结果落实，我们自己根本无法主宰这个进程。所有的人都要这样长大，所有人都被迫告别他们的永无乡，进入到智识社会，陷入辛劳利害的羁绊之中；所有人都被迫放弃被保护被宠爱的身份，逐出完美的乐园，开始孤独寂寞的旅程；所有人都被迫忘记飞翔的能力，远离心灵的伊甸园，匍匐在现实的土地上。这是一场在意义上仅次于失去生命的巨大丧失。

美国心理学家朱迪斯·维尔斯特在其著作《必要的丧失》中说："人的发展之路是由放弃铺筑而成的。我们终生都通过放弃成长着。我们放弃与他人的一些最紧密的联系；我们放弃自己曾拥有的部分。在我们的

---

① ［英］巴里：《彼得·潘》，杨静远、顾耕译，三联书店，1995年，第235—238页。

梦幻和紧密关系中，我们必定面对我们永远不会拥有的事物和我们永远不会成为的人……有时无论我们多么聪明，我们都必定要丧失。""我们为了成长而放弃了我们的所爱，在每个新的发展阶段我们都得玩这个残酷的游戏。"[①]"在我们结束第二个十年左右的前后，我们来到一个意义重大的里程碑前——童年的终结。我们离开了安全的地方，不能再回家了。在我们进入的世界里，生活不公正，也不理想……"[②]告别童年，就是必要的丧失，就是成长的代价。巴里让温迪的童年生命变得像童话般地精彩，但他并无意改变自然的规律。最后一章关于温迪长大以后是在剧本出版6年多后，以小说形式出版时加上的（1904年，剧本《彼得·潘》发表，1911年，小说《彼得·潘》出版，加了最后一章）。这里我们看到，一开始达林太太那种淡淡感伤在长大了的温迪那里变成了一个"带泪的微笑"，失去是永远了，怀恋是永远了，温迪再也飞不到永无乡了，大人被永远阻隔在现实的土地上。温迪的命运也是所有人的命运。

但是，童年会从我们身上消失，彼得·潘却会回来。巴里并没有把我们留在感伤的岸边，他说只要还有快活的，天真的，没心没肺的孩子，彼得·潘就会回来。你看，尽管温迪变大了，但是她也变出了简，简和彼得一起飞走了。后来简变大了，又变出了玛格丽特，她也和彼得飞走了。当然，玛格丽特变大的时候，她又会变出一个女儿，彼得又会和她在一起飞。"事情就是这样周而复始，只要孩子们是快活的，天真的，没心没肺的。"这是《彼得·潘》最后一句话，这句话似乎有画龙点睛的力量。

《彼得·潘》的译者杨静远在《译者前言》里这样评价道——

　　……《彼得·潘》委实不仅仅是一篇童话。真正优秀的儿

①　[美]朱迪斯·维尔斯特：《必要的丧失》，张家卉、王一谦、马雪松译，北京大学出版社，1988年，第19页。
②　[美]朱迪斯·维尔斯特：《必要的丧失》，张家卉、王一谦、马雪松译，北京大学出版社，1988年，第165页。

童文学，是既吸引和满足孩子，又吸引和满足大人的。《彼得·潘》比单纯的童话确实要多那么点什么。那是什么，读者会各有自己的领会。依我想，那也许是种诗的寓意。巴里为我们揭开了记忆帷幕的一角，那里深藏着我们久已淡忘的童稚世界。但我们却已回归无路。因为，我们像长大的温迪一样，没有了想象的翅膀，永远丧失了自由翱翔的本领。巴里通过带泪的喜剧，对比了那童稚世界的无穷欢乐，和成人世界的索然寡味。温迪们没法不长大，这是无可奈何令人遗憾的必然。幸好，还有那个永远长不大的彼得。他的存在，说明人类有着周而复始、绵延不绝、永存不灭的童年，和伴随着这童年的永恒的母爱。人总要长大，这很不幸，但人类是有希望的，"只要孩子们是快活的，天真的，没心没肺的。"[1]

感谢杨先生准确的评价以及带给我们精美的中文版《彼得·潘》，查阅《彼得·潘》相关资料才知道这本书是在杨静远患白内障的情况下由爱人（即顾耕，笔名）念一句，她翻译一句，爱人记在稿纸上，整篇翻译完了，又由爱人念，她再作修改完成的。如果不是发自内心对《彼得·潘》的热爱，这种艰辛的双剑合璧式的翻译过程该会是如何苦涩。杨先生在序言中还提到："我初读这书，尽管已是半个世纪以前的事，可这些富有奇趣的片段，仍不时在记忆中闪现。"半个多世纪的记忆，加上半个世纪后这种传奇式的翻译方式，这是中文版《彼得·潘》的一个神话，《彼得·潘》的又一个奇迹。彼得·潘究竟去了哪里，这里还留着他的足迹。

当人们在伦敦西郊的肯辛顿公园为彼得·潘立上逼真的雕像，当人们年复一年在圣诞节完全以过节的心情观看戏剧《彼得·潘》的上演，当无

---

[1] 杨静远：《译者前言》，引自［英］巴里：《彼得·潘》，杨静远、顾耕译，三联书店，1995年，第10页。

数成年人和孩子们争看小说《彼得·潘》说这也是属于我们的书，当那个永远不会长大的男孩，叉开两腿，挥舞双臂，吹着芦笛，快活得像在空中飞，又像在向人们宣告："我是少年！我是快乐！我是刚出壳的小鸟！"不管彼得·潘现在在哪里，那些保留童心的人们都知道他就在我们心中。

正如同杨静远先生所说，人类是有希望的，只要还有快活的，天真的，没心没肺的孩子。彼得·潘就是这些孩子的守护神。彼得·潘就是快活的，天真的，没心没肺的这些特征的外化或者象征。因而，彼得·潘代表的是人类永远不会消失的童年。只要快活的，天真的，没心没肺的孩子们周而复始地出现，同样快活的，天真的，没心没肺的彼得就会周而复始地出现。也就是说，彼得·潘本身就是童年，巴里给了童年具体的生命形式。

也可以说，巴里为全人类创造的不止是一部戏剧一本小说，他为全人类造了一尊童年之神——彼得·潘，这本身就是一个神话。《彼得·潘》完全印证了布鲁纳的观点：神话则是外在的现实和人的内在困境的回声。神话具备艺术创造的经济简约功能，即用一种适当的形式来表征复杂事物的结构，为人类提供了一种能够共享的出路。《彼得·潘》以儿童的思维方式编织了这个神奇的故事，结构单纯简单，主旨表达上却几乎涵盖了我们每个人一生都要回溯的一个永恒的话题：童年。童年是生命中最可珍贵的一轮，是还没有忘记成长的成人们的共识。教育学家B.A.苏霍姆林斯基说："童年，那个被我们认为充满无忧无虑的欢乐、嬉戏和童话的年龄，是生活理想的源头。"[1]"童年是人生最重要的时期，这不是对未来生活的准备时期，而是真正的、灿烂的、独特的、不可重现的一种生活。"[2]

但正如我们前面所看到的，童年又是无法挽留的。童年的美好和童年的丧失是人类面对的永恒困境，这份美好是天然的，这种丧失又是不

[1] ［苏联］B.A.苏霍姆林斯基：《把整个心灵献给孩子》，唐其慈、毕淑芝、赵玮译，天津人民出版社，1981年，第277页。
[2] ［苏联］B.A.苏霍姆林斯基：《把整个心灵献给孩子》，唐其慈、毕淑芝、赵玮译，天津人民出版社，1981年，第10页。

可选择的，这个永恒困境将人类处于被迫驱逐、无以逃避、终身遗憾的境地。这种深深的冲突在于人其实也是世间万物中普通的一员，人尽管自诩为"万物之灵长"，在生命规律面前依然没有任何特权，人不能永远留在童年，人无法改变被文明改造的命运。

深怀童心的巴里也身处这个困境，他思考着通过《彼得·潘》为这个困境找到一条可能的出路。如果从单个个体生命来看，这个困境将是永恒的难题，永远无法攻克。但是，巴里从生命繁衍和生命承续之中看到了人类的希望，尽管每天每时每刻有人在不断失落他们的童年，长大成人，但是每天每时每刻却因有更多的孩子诞生而不断获得更多的童年，永无乡永不会消失。因此，彼得·潘就是这个困境的钥匙，他事实上是所有童年的集合体，作为一个人，他违抗了生命的规则会使他的不会长大变得不可信，但是，作为一个神，他永远不长大正好隐喻了人世代代相传永不泯灭的童年的存在，这又使前面的违抗带着高度的真实性和准确性，这就为人类指出了一条光明的出路。就如西塞罗所说"有生命便有希望"，这条出路至少给回归无路的人们带来了无限慰藉。从这个角度，我们完全同意《彼得·潘》是属于成人的，它为成人的童年丧失之痛找到了一个情感抚慰的出口，它的整个叙述策略也印证了巴里的写作目的。因此，《彼得·潘》事实上是成人童年怀恋的一个神话，它将这种情绪推至巅峰。

同时，《彼得·潘》关于童年的神话也表达了喜欢孩子的巴里对孩子们乐观的信念，这种乐观的信念其实是对整个人类的信念，那就是相信人类会尊重童年，孩子有权利充分享受他们的世界，他们不会过早地被成人世界玷污，他们真正是"快活的，天真的，没心没肺的"。这正如同马丁·路德的宣称和爱默生的教导。马丁·路德宣称，即使我知道明天世界即将粉碎，今日我仍要种我的苹果树。爱默生教导我们，一千片森林，始于一粒橡子。不管如何，对人我们应该继续抱有乐观的信念；不管如何，对童年我们应该像巴里继续抱有乐观的信念。

第二章 | 童年之恋

> 你甜蜜而来，又甜蜜而去……
>
> ——［西班牙］阿莱桑德雷：《童年》①

对单个的人而言，童年是人生阶段中的初始。如果把一生的时间比作一条河，那童年就是这人生之河的源头。

对人类而言，永远不会有例外，所有人都是经由童年走向成人，走向文明社会，如果把这无数生命的人生比作一次漂泊的旅程，那童年就是这些旅行者永远的故乡，从这个角度而言，童年，就是人类的故乡。

一般生活的常识告诉我们，认识事物本质的方法，往往需要追本溯源；而对故乡的情感，远在他乡的人，则往往怀着一份乡愁，挥之不去。故乡，永远是心中最美的地方。

同样，童年作为人生的源头，最初的经历对人的一生影响深远；童年又是我们共同的故乡，乡愁式的怀恋是告别童年的情感标志。事实上，在人生之途中，我们就是在频频回首中不断向前。

---

① ［西班牙］阿莱桑德雷：《童年》，陈光孚译，引自《打着星星的灯笼——诺贝尔文学奖获得者与儿童的心灵对话》，湖北少年儿童出版社，2005年，第128—129页。

同时，最初经历的影响会在以后的经历中使人不断回想童年，而在对童年的怀恋中人们企望逐一回忆起模糊的岁月，越来越清晰地认识和发现自我。一般人总是在这种交互作用中找到线索，得到启发，获得平衡。这也是现代以来人类心理学发展的一般认识。

这里的童年概念不是被发明的，不是被美国媒体文化研究专家尼尔·波兹曼论证的社会学概念，这里的童年是和第一个儿童诞生时一起诞生的，第一个孩子诞生就宣告了小人国的建立，世界上有多少孩子，就有多少童年。每个童年都不一样，连接每个生命的都是个人的经验和体验，每个人都有自己的童年故事；每个童年又都是一样的，孩子们总是快活的，天真的，没心没肺的，彼得·潘是永远的童年之神。全世界的孩子分属不同的文化、民族，但是他们却拥有一个共同的名字和王国，那就是童年。

童年，也是连接成人和儿童的桥梁。其实，人类世界只有两个国家，一个叫巨人国，一个叫小人国。巨人国里都是相对于孩子而言看起来像巨人的成人，小人国里都是相对于成人而言看起来像小人的儿童。然而，与一般国家不同的是，他们并没有国界，巨人和小人混居在一起。这是造物的设计，安排巨人和小人相互借鉴相互吸收相互启发的机会，不至于敌视对立，各立门户。还有，巨人并不是生来就是巨人，他们也是从小人生长而来的，当小人的时候叫着童年。可以说，童年才是巨人国和小人国的分界线。有的巨人还记得自己的童年，有的忘记了，还有些不愿承认，以为自己生来就是这样强大。但是，事实是没有一个巨人可以例外，他们都是经由童年时期的小人成长而来的。所以，看到童年，巨人们可以说，小人们是过去的自己；接着，巨人们还得加上一句，小人们也是明天的自己，因为小人们也会长大成巨人们。因此，在这条分界线上，我们能够看到所有的人，这时没有巨人国和小人国的区别，所有的人都是小人，也就是孩子。

我们的论述就从这条公平的分界线开始。

一、人生之源

已历经多年成人岁月，尤其是那些成就斐然的成人们，他们自己或者是关于他们的生平研究，喜欢将他们的个人发展经历追溯到童年经历，童年的偶然事件促成了他们一生发展的方向。

1973 年诺贝尔生理学或医学奖得主、动物行为学大师劳伦兹穷其一生研究雁鸭科动物，并因此取得巨大的成就。在他最后一本著作《雁语者》里，他详细地记录了自己与小鸭结缘的故事：

> 小时候，我一度希望自己是只猫头鹰，因为猫头鹰晚上不必上床睡觉。但是就在那个时候，奇妙的事情发生了。我睡前阅读了许多故事，这些故事都是来自瑞典作家拉格洛芙所著的《尼尔斯骑鹅旅行记》，这本书使我发现猫头鹰的一大弱点，它们既不会游泳也不会潜水，而这两项活动是我当时正在学习的，因此，我当下便决定要改加入水鸟的行列。等我终于明白自己永远不可能"变成"一只水鸟后，我下决心无论如何至少要"拥有"一只水鸟。还好我想要的只是只鹅，这真要谢谢拉格洛芙。但是，我母亲由于担忧花园中她那些宝贝花朵的命运，一直不愿意答应我的要求。好在很幸运地，我很快找到替代方案。邻居有一窝刚孵出的小鸭，由一只咯咯叫的母鸡领着到处跑。熬不住我再三的要求，母亲终于买了只小鸭给我养，虽然当时父亲并不赞成。在他看来，把刚出生的小鸭托付给一个 6 岁大的男孩，简直就是虐待动物，也因此，他不认为那只小鸭能活多久。然而，在这项特殊的"诊断"上，这位大医生可弄错了，我的小鸭"皮萨"活到 15 岁，差不多是家鸭年龄的

最上限。①

瑞典博物学家林耐还是婴儿的时候，他的父亲就抱他到花园里，"这个花园无疑激发了孩子的兴趣，使他在后来的岁月中成为他那个时代，甚至是人类有史以来的第一个植物学家和博物学家"②。

1980年诺贝尔文学奖得主、波兰诗人米沃什说："幼时对某一事物的着迷就像是一个神圣的誓言，它所带来的回忆会影响我们一生。……我还记得我初次见到一些鸟的情形，如金莺在我看来完全像个奇迹，它浑身没有一点杂色，鸣叫起来像吹笛子。我一学会阅读，就开始在那些讲述自然的书籍中寻找鸟类书籍，这些书很快就成了我崇拜的对象。"③

狄更斯的传记作家埃德加·约翰逊写道："阅读成为童年时代狄更斯的最爱，《杰克和豆梗》《小红帽》《鲁滨逊漂流记》《堂吉诃德》《天方夜谭》等书在他的心中光彩夺目，很难估计这些读物对狄更斯的全部影响，但这些书籍的性质和格调对他的兴趣所起的引导作用，却是明白无误的……在狄更斯的小说中，他运用阿里巴巴的藏宝洞和水手辛巴德的钻石谷那样神奇的幻想，把开朗愉快、心智健全的《托姆·琼斯》和《兰登传》中残暴无穷的人物糅合在一起……孩提时代的狄更斯，总把一个普普通通、平平常常的地方市政厅幻变成一座由神灯一晃变成的豪华宫殿。这种想象力成了他后来创造出无数的生动的人和事的基础。"④

法国儿童插画家艾姿碧塔说："幼年时期的经历影响了我在艺术上的品位与灵感……漂泊不定的人生、浮现又失落的语言、原罪与神圣的

① ［奥地利］康拉德·劳伦兹：《雁语者》，杨玉龄译，中国和平出版社，2000年，第9—10页。
② ［美］泰勒·赫德兰：《孩提时代·中国的男孩和女孩》，魏长保、黄一九译，群言出版社，2000年，第89页。
③ ［波兰］米沃什：《自然》，引自《妈妈，妈妈，我得了个奖——诺贝尔文学奖获得者与儿童的成长对话》，黄艾艾编选，湖北少年儿童出版社，2005年，第79页。
④ ［美］埃德加·约翰逊：《狄更斯——他的悲剧与胜利》，林筠因、石幼珊译，天津人民出版社，1992年，第23—24页。

图像、遗忘的国度、故事与图画、狐狸圆溜溜的双眼、尖顶帽、一颗蛋、遗落的绒毛熊玩具、烧毁的一本书、胶合板做的艺术家画板、日暮时分……这些零零碎碎属于童年的一切，必然就是构成我生命的原动力。"①

以色列尤里·奥列夫说："就像童年经常是作家、画家、音乐家和电影制作人的灵感源泉，我的童年也是我的灵感源泉。"②

……

关于这些例子举不胜举，童年经历不仅对于在某些领域产生重大影响的人具有重大意义，对于一般人的影响也是概莫能外，不过是有些人还记得，有些人忘记了。而且，童年的执着往往在前者身上表现得更加突出。劳伦兹保留了6岁时对一只小鸭的热爱；林耐继续了从婴儿期就获得的对花园里植物的好感；米沃什没有忘记小时候对鸟类的沉迷；狄更斯不断发展童年时期发达的想象力；艾姿碧塔收集了童年的灵感。童年的这些经历，对他们产生了像劳伦兹研究的那种"铭印"般的效果，一只小动物、一本书、一个花园甚至一次日落，都在最初心灵的印版上刻上了深深的印痕，就如米沃什所说，它所带来的回忆影响人的一生，它带来的动力也影响了人的一生。可见，童年时期展开的梦想翅膀，只要不被现实强行剪断，就会飞得特别远特别高，劳伦兹就骑着刚出生的小鸭子飞上了生物研究的顶峰。

二、童年的乡愁

人们对于童年的怀恋，还不仅仅在于它对成人生活的巨大影响，童年作为人生的初始阶段，它本身就具有无穷的魅力。

人们一般善于将人生分为不同的阶段，古罗马哲学家西塞罗说

① ［法］艾姿碧塔：《艺术的童年》，林徽玲译，安徽教育出版社，2005年，第101页、250页。
② ［以色列］尤里·奥列夫：《如履薄冰的孩子》，引自《长满书的大树——安徒生文学奖获得者与儿童的对话》，黑马译，湖北少年儿童出版社，2005年，第203页。

过："生命有一个确定的过程；自然界的发展遵循一条单一的路线，每个年龄段的人都有一个特定的性格，儿童的幼稚、年轻人的激情、成年人的严肃、老年人的成熟都是自然而然的，到了一定的年龄，自然会获得。"[①]

西塞罗说得有理，我相信人生各个阶段有各个阶段的美好和意义，但是大多数人心中，最可珍贵的人生阶段却是童年时期。因此人们称童年为人生的黄金时代、镀金时代。

曾经多次这样问自己：曾经轻轻一跃，就像小马一样连续跳过许多菜园的篱笆；曾经随时在草丛里翻滚，就像蚱蜢一样灵活地跳来跳去；曾经用手和脚交替夹住树干，就像猴子那样在笔直的树干上快速地移动，到达我任何想去的绿色树冠。我身体里的那匹强壮的小马，那只灵活的蚱蜢，那只敏捷的猴子，你们都到哪里去了呢？

曾经为得到一块玻璃片，高兴得手舞足蹈，就像找到了蓝宝石那样快乐；曾经因拥有一把涂着水彩琴键的木块，想象自己演奏着流动的音乐，就像自己真的变成了弹奏箜篌的仙女那样满足；曾经在小山上采到了秋天最后的那枚山果，雀跃着把果子举得高高，向全世界宣告，像把整个世界举在手里那样骄傲。那些彻底的天真的快乐，那些像被人西洋的水充满一样的满足，那些毫无掩饰彻底袒露的骄傲，你们都到哪里去了呢？

不知道从哪一天开始穿上了奢侈的袜子，从此，与土地形成的阻隔再也没有拆除过；不知道从哪一天开始戴上多余的草帽，从此，和天空形成的障碍再也没有消失过；不知道从哪一天开始身心一体变成身心分离，从此，那种活生生撕裂的痛楚和隔岸相望刻骨的思念再也没有忘记过。这个不知哪一天的一天，你究竟在哪里？

---

① ［法］让－皮埃尔·内罗杜：《古罗马的儿童》，张鸿、向征译，广西师范大学出版社，2005年，第16页。

这样的问题当然没有办法找到答案，我相信大多数人都有这种乡愁式的怀念，都需要这种乡愁。

英国诗人迪伦·托马斯在《蕨山》中这样欢唱童年的自己：

> 我一片葱绿，无忧无虑，欢乐的庭院四周 / 围的谷仓使我出名 / 我唱着歌，仿佛农场就是家 / 在只有一度青春的阳光里 / 时间让我尽情地玩耍 / 让我沐浴在他的仁慈中，一片金黄 / 我一片葱绿，一片金黄，我是猎手，我是牧民，小牛 / 扬角对我哞哞叫，狐狸在山包上清凛凛地噪 / 在圣河卵石间淙淙的水声里 / 安息日在缓缓地逝去。

> 几片新云下充满欢乐的房子使我在狐狸和孔雀中 / 享有盛誉 / 我的悠思绵绵更使我心情欢畅 / 在日复一日的阳光下 / 我随意徜徉 / 我的心愿穿过了堆得齐房高的干草 / 我毫不在乎，尽管天空中有几丝愁云，时间 / 在他那和谐的旋转中只许唱寥寥几首晨歌 / 然后葱绿、金黄的孩子们 / 就跟着他摆脱了恩惠……①

美国作家约翰·格林利夫·惠梯尔为一个光脚丫的孩子写了一首长长的诗，其中一段这样写道：

> 啊！孩提那无忧无虑的嬉戏 / 一觉醒来已是欢笑的白天 / 结实的身子戏谑医生的规矩 / 知识从来在课堂里习得 / 野蜂在清晨的追逐 / 野花开放的时间和地点 / 鸟的飞程与筑巢处 / 还有那林中的栖身客；/ 乌龟如何驮他的壳 / 啄木鸟如何啄他的洞 / 鼹鼠如何掘他的穴 / 鸥鸰如何喂她的仔 / 黄鹂的巢又是如何挂起

① ［美］朱迪斯·维尔斯特：《必要的丧失》，张家卉、王一谦、马雪松译，北京大学出版社，1988年，第150页。

25

来；／最白的百合花在哪儿开／最鲜的草莓在哪儿长／落花生的蔓在哪儿爬／串串木葡萄在哪儿摘；／精明的黑蚂蚁用泥巴糊出他的巢／还有艺术大师灰大黄蜂／他那了不起的建筑蓝图！——／撇开书本和功课／答案大自然全都能给你；／他与大自然手挽手地走／他与自然面对面地谈／分享她的全部欢乐……①

童年就这样在一片葱绿、一片金黄里光着脚丫欢笑，所谓的黄金时期就是那样在自然的怀抱里亲近，那样无忧无虑、自由自在、丰富多彩、色彩斑斓……

与之相反，告别童年后的成人生活又是什么样子呢？法国作家西蒙·波娃说："成人是什么？""一个被年龄吹胀的孩子。"一个吹胀的孩子还是那个黄金时代的孩子吗？

当作家们一边诗情洋溢地颂赞着童年，一边又满怀委屈地叹息着成年生活，波兰诗人米沃什毫无保留地记下了告别童年的过程：

我们的双眼似乎突然被药水清洗干净了，它解除了魔力，于是被我们高举到众人之上的那个独一无二的人开始客观地受人审视，须屈从对所有长着两只胳膊、两条腿的生物发生作用的一切规则。疑惑、批判性反思——早先的一片色彩、一缕光的共振——立即变为一套特质，在统计数字的支配下分崩离析。于是连我的活生生的鸟儿也变成解剖图上虚幻的漂亮羽毛遮掩下的插图，花朵的芬香不再是奢侈的礼物，倒成了一个不受人的情感影响、精心制订的计划的一部分，成了某项宇宙法则的范例。我的童年也在那时结束了，我把笔记本扔掉，我拆毁了那座纸做的城

① ［美］约翰·格林利夫·惠梯尔：《光脚丫的孩子》，引自《美国读本——感动过一个国家的文字》，［美］戴安娜·拉维奇编，林本椿等译，三联书店，1995年，第177—181页。

堡，美好的事物就藏在这座城堡里由词语构成的方阵后面。①

进入成人社会意味着解除魔力，进入统计数字，进入坚硬的规则，最喜欢的鸟类不再是活生生的生命，解剖成了非生命的理性的插图，朦胧的美感消失在科学知识的后面，世界从此一览无遗地袒露着，失去了神秘和想象。

木民谷的创造者扬森在获得国际安徒生儿童文学奖的致辞中说：

> 通向这个世界（童年）的路，经常是被堵死着的。一年又一年过去，我们仍然无法重新看见、无法想象那种神秘的变幻。安全变成了一种习惯，在成人的世界里，灾难由于人们的焦虑和烦恼而变得毫无神秘魔力感；逻辑变得没有生命，非理性在人们眼中不过是普通的紊乱和毫无条理的代名词。
>
> 这真像从一场美梦中惊醒后又绝望地试图入睡，妄图找回那个梦。可这是不可能的了，大门永远关上了，你无法再次进入那迷人的园子。②

扬森也在借此表达人类的共同困境，童年回归无路让人绝望，成年生活同样是一场失去诗意和浪漫的噩梦，成年生活只是一个充满焦虑和烦恼的功利世界。

在这里，与童年叙述那种欢快的节奏相反，关于成人生活的叙述语调则显得悖逆、被迫，甚至是绝望，童年世界与成人世界迥然有别，甚至是决然对立！

---

① 　[波兰] 米沃什：《自然》，引自《妈妈，妈妈，我得了个奖——诺贝尔文学奖获得者与儿童的成长对话》，黄艾艾编选，湖北少年儿童出版社，2005年，第75页。
② 　[芬兰] 多维·扬森：《说安危》，引自《长满书的大树——安徒生文学奖获得者与儿童的对话》，黑马译，湖北少年儿童出版社，2005年，第138页。

由此，我们不难发现一个基本的事实：处于人生源头的童年，与进入文明社会以后的青年、中年和老年是分属于两个完全不同的世界，小人国和巨人国的区别，身高的对比只是外在形式而已，它们本身具有本质的区别。

《彼得·潘》用神话式的简约功能为人们找到出路，诗人们则用心灵的声音喊出我们心中的潜意识：重回童年。

三、心灵的需要

重回而不得，就只能回忆和怀恋。人们总是容易对美好的事物难以割舍，回忆是很多人珍藏的方式。多少能够找到童年记忆的影子，也是一种心灵的慰藉。

叶圣陶说："我想我们不能深入儿童的心，又不能记忆自己童年的心，真是莫大憾事。"①事实上，不能记忆自己童年的心的人，不仅不能深入儿童的心，便是自己的心也深入不了。这真是莫大的遗憾。

丹麦哲学家克尔恺郭尔1837年7月在日记中写道：

> 我认为我真的看见自己像一个穿着我绿衣服、灰裤子的男孩跑走了。我越大，越无法找到我自己……我现在唯一还拥有的幸福时刻是：像一个孩子一样大哭。②

> 一个人，从来未曾享有过童年，童年从他身边消逝，没有它原来的意义。但现在，他做了孩子们的老师，发现了所有蕴藏在童年时代的美；现在，他要回忆自己的童年，一直回眸凝视它……③

---

① 叶圣陶的有关观点，见于1921年晨报连载的40则《文艺谈》。
② ［丹麦］见维利·索恩森：《诗人与魔鬼》，引自《丹麦安徒生研究论文选》，安徽少年儿童出版社，1999年版，第153页。
③ ［丹麦］见维利·索恩森：《诗人与魔鬼》，引自《丹麦安徒生研究论文选》，安徽少年儿童出版社，1999年版，第154页。

如同克尔恺郭尔一样，许多人寻找童年就是寻找迷失的自我，这是拯救和确证的过程。盛名之中的荣格辞去工作，一个人躲在家乡的小河边，反复玩童年时期的游戏，在与那些小石头相伴的过程中，他发现了童年时代被压抑的自我。

我们说对童年这种乡愁式的怀恋是人的一种心灵需要，它首先表现为通过寻找童年发现自我。

其次，童年怀恋是怀念那被爱的岁月，被保护的安全感和美好的亲情。美国作家塞缪尔·伍德沃思在《旧橡木桶》一诗中写道：

> 当甜蜜的回忆在眼前展现儿时的景象／我心中感到那种亲情荡漾！／那果园，草地，参差交错的野生林／还有我儿时喜爱的每一地方／那宽阔的池塘和池边的磨坊／在瀑布落下的地方，那桥，那石／我父亲的小屋，附近的挤奶房，甚至那粗制木桶垂在井旁。

> 那布满青苔的木桶，我那么珍惜／中午我从田里归来，它常常给我带来快乐无比／带来大自然生就的最纯最甜的东西。／我用火辣辣的手热烈地抓住它／迅速将它放到白鹅卵石铺的井底／木桶很快就溢满了水——真实的象征／它一边从井里升起一边还留下清凉的水滴。

> 我从绿色布满青苔的井沿将它接住／把它立在井边倾向我双唇，啊，真甜！／就是装满红酒的高脚杯也无法诱我离开／哪怕是朱庇特饮的琼浆将杯子装满／现在我远离可爱的故乡／当幻想又回到我父亲的庄园／为那吊在井里的木桶叹息时／我的眼里禁不住涌出惋惜的泪水。①

---

① ［美］塞缪尔·伍德沃思：《旧橡木桶》，引自《美国读本——感动过一个国家的文字》，［美］戴安娜·拉维奇编，林本椿等译，三联书店，1995年，第103—104页。

一只旧橡木桶，一个旧字，提醒我们正是失去的童年的象征，与旧桶血脉相连的，是如水般甜蜜的日子，是如酒般醇厚的亲情，是远离的故乡和童年时光。

再次，童年怀恋是为了留住纯真，抵触成人社会的卑鄙褊狭。

美国作家塞林格在《麦田的守望者》中借霍尔顿那个道貌岸然的老师之口说："你将发现对人类的行为感到惶惑、恐惧，甚至恶心的，你并不是第一个。""一个精神分析家说过，一个不成熟男子的标志是他愿意为某种事业英勇地死去，一个成熟男子的标志是他愿意为某种事业卑贱地活着。"16岁的霍尔顿发现"你永远找不到一个舒服、宁静的地方，因为这样的地方并不存在"。因此，他唯一想做的事是："我呢，就站在那混账的悬崖边。我的职务是在那儿守望，要是有哪个孩子往悬崖边奔来，我就把他捉住……我整天就干这样的事。我只想当个麦田的守望者。"[①]

成人社会就是那个深深的悬崖，人性最初美好的东西都在那里堕落，失乐园里充满了欺诈和污浊。只有童年还单纯地保留着纯真，一无所知的孩子们并不知道他们的处境，因此，霍尔顿想做童年的守望者，他如果可以选择，他也不会卑贱地做一个成人。

最后，艺术家们永远是童心的崇拜者，他们只有重新获得童年把握世界的方式才能进入艺术王国。越伟大的艺术家就越是天真的孩子。

泰戈尔被称为"人类的儿童"和"自然的儿童"，他的诗文影响到全世界每个角落。丰子恺被称为"童心大师"，他的诗画在我国也是影响深远。这些艺术家都是童年最忠实的怀恋者。后文将对此有专门讨论。

---

① ［美］J.D.塞林格：《麦田的守望者》，施咸荣译，译林出版社，1999年，第134页、145页、123页。

四、现实的童年

英国作家斯蒂文森曾说:"玫瑰就是玫瑰,没有什么道理可言。"他用这句话反对一位德国神秘主义作家的全部美学理论。阿根廷作家博尔赫斯解释了斯蒂文森的句子:美学问题是不可解释的,这是无数的奇迹之一,因为事实上,每件事物都是神奇的。[①]

而童年是事物之中尤其神奇者,童年就是童年,也没有什么道理可言。然而,好奇心并不会就此止步。对于童年,如果我们设想除去个人生活经历中的那种情感的亲切感,除去凭借童年回忆所唤起的那种故园之思、自我呈现和昨日不再的感怀,仅仅剩下童年本身,纯粹的童年包含了哪些因素,具备哪些魅力,或者说纯粹的童年审美是什么呢?

这样,事实上,我们仿佛做了一个拉近焦距的动作,除去童年四边上那些记忆的光环、那些亲切的情感碎片,仅仅聚焦于童年本身,我们在童年里将会有怎样的艺术发现呢?

如果剥离我们自身的童年本身具备无法取代的美,这些美会不会唤起那些忘记童年的人忆起失落的美丽呢?这些美会不会提醒那些正在漠视童年的人珍惜这种美呢?

如果对我们身边最大的一个巨人——我们居住的这个社会——这个久已被物质化的机器,倡导童年生命的文化,使人们转向内心、返归纯真、提升境界,这个巨人是否会获得新鲜的生命力,在自然的纯净之河中冲刷一新,少一点污垢,少一点丑陋,迈向健康之路呢?

我们不得不面对一个事实,在现实中,童年负载的东西实在过于沉重了。儿童过早地变成了受教育者,受教育者又变相地变成了被剥夺者,童年的诗意被扭曲,童年的想象力和创造力被扼杀,童心被过早地玷污,

---

[①]　[阿根廷] 博尔赫斯:《和听众谈诗歌》,引自《波佩的面纱》,[阿根廷] 博尔赫斯等著,朱景冬等译,社会科学文献出版社,1999年,第2页。

儿童本位和趣味本位被忽视，成人本位和功利主义被放大，记忆里的童年一旦变成现实中的童年，我们都不由得惊呼：这样的童年太可怕了。怪不得尼尔·波兹曼要说：童年在消逝。

童年自然生长的空间在缩小，童年飞翔的环境在污染。现在到处有自然环境保护的协会，童年生态保护的协会却没有出现过。除了极小的几声童年保护的呼声，大多数的童年还是消解在成人的世俗中、淹没在课堂的题海中。童年，还是没心没肺的快活吗？

中国的父母也在一根看不见的指挥棒下过着争分夺秒的日子，他们没有心情欣赏童年的"异国情调"，他们做着牧羊人，急匆匆地赶着稚气、惊慌的孩子，奔向他们苦心孤诣造好的那个羊圈，希望孩子二十六般武艺样样齐全，一夜之间脱掉进化的皮毛，变成他们想要的样子——老成持重、老谋深算、老气横秋，然后急匆匆地把孩子推向人生的竞技场，再然后无可奈何地看着孩子和自己一样急匆匆赶赴最后的那个归宿。这样急匆匆如赛跑的、来不及感受爱和生命的、残酷如竞技的人生幸福过吗？

朱光潜说："一般人迫于实际生活的需要，都把利害认得太真，不能站在适当的距离之外去看人生世相，于是这丰富华严的世界，除了可效用于饮食男女的营求之外，便无其他意义。"①这不正是许多人对待童年的观念吗？孩子成了实现自己的工具，所谓"养儿防老"，所谓"光宗耀祖"，童年世界的"丰富华严"过早落入"饮食营求"中，这不正是今日四周童年命运的缩写吗？

一个海边的农夫每逢人称赞他的门前海景时，便很羞涩地回过头指着屋后一园菜说："门前虽没有什么可看的，屋后这一园菜却还不差。"许多人如果不知道周鼎汉瓶是很值钱的古董，我相信他们宁愿要一个不易打烂的铁锅或瓷罐，也不愿要那些不能煮饭藏菜的破铜烂铁。

① 朱光潜：《谈美》，广西师范大学出版社，2005年，第10页。

朱光潜举的这两个例子我想同样也适用于那些望子成龙过于心切的家长，在他们的心里，就像那海边的农夫一样，孩子有一万个优点也抵不上孩子拿了一个100分的价值。"童年再美，成绩不好又有什么用呢？"分数成了他们衡量一切的标准线，生命异化成了考卷上一次一次的数值。家长当然也是这个社会功利至上压力下的受害者，但是作为孩子童年的第一保护人，是否应该找到一个适当的距离，看到眼前深如大海的童年美景呢？反过来说，不能欣赏的人，就会落入实际生活的圈套，成为童年侵害的同谋者。这大概是许多家长始料未及的吧。

德国儿童文学之父凯斯特纳给小学生开学致辞中提到最重要的一条忠告是：不要忘记你们的童年！并且告诫要像记住古老的纪念碑上的格言那样，把这条忠告印入脑海，打入心坎。接着凯斯特纳用了三个比喻来形容那些忘记自己童年的人："很多人，他们像脱去一顶旧帽子似的，早已把童年抛之脑后了。他们犹如忘记一个不再使用的电话号码，忘却了他们自己的童年。对他们来说，生活就像一根可收藏而不变质的香肠，慢慢地吃完它，香肠吃尽了，也就不复存在了。"然后，凯斯特纳打了一个更加形象的比方来说明这条忠告的重要性：学校起劲地要求你们从低班升到中班，再到高班。当你们最终到达上边刚站稳脚跟时，人家就把你们身后成为"多余了"的阶梯锯掉了，这样你们就再也回不到原来的地方！人在他的一生中，可不可以像在房子里上下楼梯那样自由走动呢？如果最华丽的第二层楼，没有摆着散发果香的水果架的地下室，也没有一层楼那嘎嘎作响的房门声和叮叮当当的门铃声，那它将是什么样子呢？可是，现在——大多数人就是这样生活的！他们站在最高层，却无房子和阶梯，但还在那里自鸣得意。此前他们是孩子，后来变成大人，不过现在他们又是什么人呢？只有长大成人还保持童心的人，才是真正的人！①

———

① 严凌君主编：《成长岁月——我的学生时代·1》，商务印书馆，2003年，第190页。

凯斯特纳用形象的比喻，一样达到了论证深刻道理的目的。人生是自己的一座可以上下走动的房子，摆着散发果香的水果架的地下室和有着嘎嘎作响的房门声、叮叮当当的门铃声的第一层楼绝不是多余的可以锯掉的部分，因为这果香芬芳、叮当作响、进出自如的部分就是每个人的童年时期。失去了这部分，居于最高层的人们也就失去了上下自如走动的可能，我们可以想象一下，这将意味着人永远无法回到地面，被悬缚在永不着陆没有安全失去自由的高空，这样的人将是怎样可悲！这样的人怎么会是完整的人！只有长大后还记得童年，珍视童年，拥有童心，能够上下自如在人生房子里穿行的人才是真正完整的人！千万不要一登上成人的殿堂，就把地下室变成集中营，任其腐烂荒废，忘记了储藏室里存放着醇美的香槟和斑斓的风筝。时间长了，地基会发臭的。

因此，知道大海的美和周鼎汉瓶的价值的人，是懂得从实用生活跳开的人，是懂得让自己的人生恢宏广阔充满情趣的人；知道童年之美的价值的人，是懂得捍卫童年、保护成长、尊重生命的人，是没有忘记童年持有童心的人。

为人父母者需要保持一点距离，需要松弛一下心情，少一点紧张的算计，多一份闲适的心态。"闲看儿童捉柳花"，只有在闲中才能看得见儿童捕捉柳花的快乐，同时也在这份快乐中领悟到生活的诗意。因而，多了一点距离，增了一点闲适，实在能够有利于加深对生命的尊重，既是对成人自己的生命，更是对童年生命的尊重。"闲看"，是成人在当快乐的观众，心甘情愿，乐此不疲，津津有味，欣赏童年的图景，这是更高一轮意义上的童年怀恋。这也是人生命完整性的需要。

所以，童年尽管就是童年，我还得去寻找它纯粹的美丽。瑞典儿童文学作家玛丽亚·格丽佩说，当雨果最终去寻找两条河的交汇点时，可能他是要找到两股真实的水流是如何交汇到一起的。"我必须知道这是怎么形成的。"他说。因为他的目光比以往更幽蓝，他看到了别人所看不到的。①请继续保持着闲适的心情，让我们一起去寻找童年之美吧，我们的目光不会更幽蓝，但是一定会更纯净。

---

① 《长满书的大树——安徒生文学奖获得者与儿童的对话》，黑马译，湖北少年儿童出版社，2005年，第161页。

<table>
<tr><td>第
三
章</td><td>天然形式</td></tr>
</table>

> 每一个孩子来到人世时都带来了讯息，说神对人还没有失望。①
>
> ——泰戈尔:《新月集》

童年之美总的特征在于它的天然之美、自然之美。

天然之美对应的是人造美，与自然之美对应的是社会美，童年期的人是还没有社会化的人，是天然的人，具有大自然的天然形式。正如意大利教育家蒙台梭利指出的:"儿童是生活在成人之中的自然人。"②

唐代诗人杜甫在一首律诗中将天然的艺术感染力与人造的艺术感染力进行了比较:"促织甚微细，哀音何动人……悲丝与急管，感激异天真。"③

诗中说蟋蟀的声音很细微，悲切之音多么动人。丝竹之乐尽管也激动人心，却不如蟋蟀天然的哀音感人。人籁总是无法超越天籁。

同样，安徒生童话《夜莺》本质上讲述的也是天然与人造的区别。

---

① ［印度］泰戈尔:《新月集·飞鸟集》，张炽恒译，湖北少年儿童出版社，2003年，第133页。
② ［意大利］玛利亚·蒙台梭利:《童年的秘密》，金晶、孔伟译，中国发展出版社，2003年，第238页。
③ 杜甫:《促织》，引自《唐宋诗醇》(上)，马清福主编，春风文艺出版社，1999年，第987页。

那只来自外国使者的人造夜莺，尽管上面镶满了名贵的钻石和宝石，尽管它设计精巧，能够连续33遍唱一首复杂的华尔兹调子，它的歌声也模仿得像真的一样，但是跟真正的夜莺相比它还是缺了点什么。真的夜莺只是一只小小的灰色的鸟儿，看起来那样微不足道，很多人在园子里寻找也找不到，可是它的歌声却能飞进每个人的心中，让渔夫忘记劳累，让皇帝听得流泪，最后甚至让死神感动，重新唤醒皇帝垂死的生命。与真正的夜莺相比，人造夜莺究竟缺了点什么呢？它缺了一点天然，在这里还包括真正的生命和感情。而真正的夜莺，兼具天然和自然之美，因而它的歌声才具有如此神奇的艺术感染力。

《儿童精神哲学》一书认为，对于人类来说，真正体现生命本质的也许是童年而不是成年。①童年期的人具有大自然的天然形式，大自然一方面赋予童年自然发展的生命力，另一方面也通过它向人展示了它独特、天然的审美形式，生命在它最初的阶段绽放着神奇之美。

一、自然的生命形式

童年生命最富于自然的辩证法。它作为人生的初始，是人生中最弱小、最稚嫩、最需要保护的时候，但是它又是一生中被认为最充满希望、具有无限发展可能性的时候。

从文化的承继来看，童年生命是所有的未来。

人类的认识已经远远跨过了童年期，它正以风华正茂的姿态突飞猛进，我们在空间方面自豪地驰骋于从基本粒子世界至150亿光年的河外星系，在时间方面自信地探索着从基本粒子反应至以亿万年计的天体演化过程。试想，这些辉煌的成就如果没有新一代的承继，这个世界如果没有了代表未来的童年生命，那么这些辉煌将变成什么，人类将变成什么。

---

① 刘晓东：《儿童精神哲学》，南京师范大学出版社，2003年，第286页。

没有什么比一个没有更新的黑夜更加让人灰心的了，没有什么比让人类数百万年充满生机的进化史的终点是垂垂老者，迎接人类的是无可避免的毁灭命运更加让人绝望的了。泰戈尔说，每一个孩子来到人世时都带来了讯息，说神对人还没有失望。因为这个最稚弱的躯体，闪耀着神的光芒，承载着未来的命运。童年生命就这样世世代代以来代表着整个星球的未来命运，预示着未来的发展。

因此，我们说，每一个婴儿诞生时的啼哭都是生命的号角，都宣告着一个崭新的未来，都寄予着无限的憧憬和希望。柔弱和强大奇妙地结合在一起。

从生命的进化来看，童年生命又是所有过去的历史。这里的童年生命涵盖了心理学上的婴儿期和童年早期，我们每个个体在生命的早年都史诗般再现了人类进化千百万年的过程。

大自然把神奇的生命密码置放在人体中，一次次新生的生命都充分展现着它的魔法。

1. 初生

还没有脱离童年的发展阶段的学科——心理学，在许多论述中透着无比的科学式的冷静和客观，但是回到生命源头的领域时，论述中依然充满着惊叹。

美国心理学家艾丹·麦克法兰说，孩子的概念，是从一个单细胞开始，经历了九个月的子宫生涯，和多数高等动物相同的全部的麻烦而复杂的发展历程而逐步长成的生命。[1]

美国心理学家J.G.德维利尔斯和P.A.德维利尔斯曾指出：仅在生命的头两年，儿童便作出了一次飞跃，它再现了数千万年里形成的进化发展。

---

[1]　［美］艾丹·麦克法兰：《分娩心理》，黄飙译，辽海出版社，2000年，第5页。

一位现代儿童发展研究人员对自己孩子的观察描述如下：

在3周半时，当我让你俯卧着时，你抬头看，并且用颤抖的手臂向上撑着自己的身体以显示你自己的力量。当你在有围栏的童床上时，你的神情严肃而安静，并且全神贯注地盯着自己的童车目不转睛地看。当你厌烦时，我将你带到一个新环境中，对你唱歌。一听到我的声音，你的脸就抬向我并注意着我。当你不高兴的时候，我就将你搂到我胸口让你聆听我那有节奏的心跳声。而且，你的哭声已变成了一种我能理解的语言。你小小的手指抓握靠近手边的东西——抓拉我的衣服，握住我的手指——而且抓得紧紧的！你想掌握你自己世界的举动让我感到惊奇！[①]

这种惊奇，是对生命之美的由衷的惊奇！一粒微小的生命的种子，漂浮在恍若太空却比太空还要神秘莫测的液体环境中。在子宫温暖、充满噪声、半粉色半幽暗的世界里，他6周就长到2.5厘米，他的手就可以顽皮地放进嘴里吮吸。到11周，他学会吞咽，还具备复杂的面部表情，他独自在神秘的世界里微笑或者大笑，甚至露出悲伤的表情。到16周以后，他就开始有力地蹬脚，锻炼他的四肢。到出生前夕，他的身高已达到50厘米、体重3.4千克左右，他已经做好了一切准备，结束这次长达266天的寄居旅行，开始另外一个星球之旅。

通向另一个世界的通道似乎是一次炼狱般的考验，但是，每个生命都呼啸而来，充满了无穷的勇气和力量。法国产科医生弗列德里克·勒波叶从他对分娩的大量观察中得出一个看法：分娩过程对于孩子而言是一个痛苦的折磨。他说，地狱是存在的，绝不是神话，但我们大家不是

---

① ［美］劳拉·E.贝克:《儿童发展》，吴颖等译，江苏教育出版社，2002年，第171页。

在死之后而是在出生之时经历它。地狱就是婴儿到达我们这个世界的通道，它是白热的，火焰从四面八方攻击着孩子，这些火焰灼烧着他们的眼睛、皮肤、肌肉。所谓火焰就是空气到达婴儿的肺部时给他们造成的感觉，空气通过气管扩张了肺泡，感觉如同伤口上浇了酸液。①

一个崭新世界的开启，天使的降临意味着转入一个全然不同的世界，这个世界充满寒冷、空气、各种噪声、各种光线，婴儿就带着神秘的生命密码开始经受这个考验，他用他的啼哭唤醒了沉睡的肺，也敲响了生命洪亮的钟声。在寒冷世界里，伸出两只温暖的手，用爱紧紧抱住了这个看起来柔弱无比的小东西。

就这样，婴儿——这个自然的宠儿，天生的能力使他能迅速适应崭新的生存环境、生活方式和呼吸方式，以及瞬间改变的一切。他很快就在母亲的怀抱里平静下来，在甜蜜中沉睡。

新生的婴儿也被先天赋予观察世界的方式，美国心理学家斯特恩指出：婴儿……是"被设计的"，因此他与母亲一道在自然界中占有一个小生境，这有助于保护他不受过量刺激，同时又保证他接触来自视觉世界的丰富刺激，使二者倾向于平衡。保证这种平衡的最初"设计特征"之一是，婴儿只能很好地把视力集中在一个8英寸远的物体上。他不能清晰地看见比这更远或近得多的物体。物体在他的视焦点之外，可能变得模糊起来。所以，新生儿清晰的视觉世界被限制在大约8英寸的周界线上……实验证明，当婴儿处于正常的吸母乳和吸奶瓶的姿势时，他的眼睛几乎刚好离母亲的眼睛8英寸远（如果她是面对他的话）……因此，由自然设计的身体结构的布局、正常的姿势以及视觉能力，所有这些都表明，对婴儿早期显著的视觉世界的建立，母亲的脸是最初的重要焦点，也是他形成早期人类关系的起点。

---

① ［美］艾丹·麦克法兰：《分娩心理》，黄飙译，辽海出版社，2000年，第52页。

第二条证据也表明了在早期人类关系中凝视的重要性。阿伦斯和斯皮兹注意到，较之于侧面像或其他物体，三个月左右的婴儿对展现在他们面前的正面脸型表现了更大的兴趣，并且笑得更多。这些观察的精华被提炼出来，并用于下面的实验里：给婴儿各种各样的画，包括脸和其他物体；他们看来更喜欢一张简单的平面的脸的图画。而且，导致这种喜爱的重要的面部特征是两个像眼睛的大圆点，嵌在一个较大的椭圆里。这些发现向许多工作者表明，婴儿对人的脸——或者至少脸的一些特征，有先天的喜爱。

对特定的直观形状的天生偏爱不是小事。它暗示着：人的脸的某种图示或图画被译成密码进入了我们的基因，反映在我们的神经系统里，并且最终不需要任何先前的学习体验，就在我们的行为中表现出来。

另一些研究表明，人眼角线条分明的棱角，瞳孔、巩膜的明暗对比以及眉毛和皮肤的明暗对比，使婴儿特别地着迷。从一开始，婴儿就是"被设计"着要去发现人的脸的迷人之处，而母亲则是把她已经"有趣"的脸尽可能展现得更具吸引力。①

英国心理学教授鲁道夫·谢弗与斯特恩的结论相仿，他指出"婴儿是携带着专门的用于认识世界的策略来到人世的"。②

一旦与母亲的最初安全机制建立，他的视觉世界也随之自信地扩展，因为到第三个月底，婴儿的视觉运动系统发展基本成熟，他的视觉世界不再局限于一个8英寸的"圈"，他的视觉焦距范围就与成年人一样宽广了。

可见，人的确是被天然设计的，从胎儿期的安全生存的方式，到出生时迅速适应世界的能力；从最初的对母亲唯一的目光依恋，到对人脸

① ［美］斯特恩：《母婴关系》，杨昌勇、杨小刚译，辽海出版社，2000年，第35—37页。
② ［英］鲁道夫·谢弗：《儿童心理学》，王莉译，电子工业出版社，2005年，第98页。

的天生兴趣，人初生时即展现了自然神奇的手笔。

泰戈尔在《吉檀迦利》中为婴孩们发出惊叹：

> 这掠过婴儿眼上的睡眠——有谁知道它是从哪里来的呢？
> 是的，有谣传说它住在林荫中，萤火朦胧照着的仙村里，那里
> 挂着两颗甜柔迷人的花蕊。它从那里来吻着婴儿的眼睛。
>
> 在婴儿睡梦中唇上闪现的微笑——有谁知道它是从哪里生出
> 来的吗？是的，有谣传说一线新月的微光，触到了消散的秋云的
> 边缘，微笑就在被朝雾洗净的晨梦中，第一次生出来了——这就
> 是那婴儿睡梦中唇边闪现的微笑。
>
> 在婴儿的四肢上，花朵般喷发的甜柔清新的生气，有谁知
> 道它是在哪里藏了这么许久吗？是的，当母亲还是一个少女，
> 它就在温柔安静的爱的神秘中，充塞在她的心里了——这就是
> 那婴儿四肢上喷发的甜柔新鲜的生气。①

2. 初人

婴儿还在一个我们认为神秘的世界漫游，他还是刚刚从胎儿期的水
生动物转变过来的爬行动物，他还是从胎儿期的寄居动物转变过来的哺
乳动物，他还是刚刚从胎儿期的沉默族转变过来的奇怪嗷嗷族，也可以
说他开始使用一套世界上最神秘的童语，除了他最亲近的人，一般人无
法破译。

但是，这个时期非常短暂，自然之力推动儿童向童年早期奋力前进，
生命在经历着神奇的改变。

美国心理学家J.G.德维利尔斯和P.A.德维利尔斯说："在生命的头两

---

① ［印度］泰戈尔：《泰戈尔散文诗全集》，冰心等译，北京燕山出版社，2000年，第21页。

年，儿童经历着转变。他本是个不能自立、专注于自我的婴儿，醒着的生活似乎由饮食的获取和排泄支配着。渐渐地，他变成了活跃、好奇、爱说的蹒跚而行的小家伙，有了自己的想法，现在总是想探索周围的社会和物质环境。这个阶段最引人注目的两大变化，是行走的突然出现和言语的显露。这两件事在时间上吻合得相当紧密，堪称典型。通常在第一年年末或第二年年初，儿童迈出他最初的迟疑步伐，说出他最初的可以理解的词。"①

我们可以说我们一生的生命进程都是自然的杰作，但是似乎没有任何一个阶段能像童年早期这样契合自然的时钟，我们每一个人都曾经再现着种族的进化历程，我们每个人都是从四肢爬行的小家伙开始学着蹒跚行走，然后我们手脚分离，身体垂直，和土地形成了永远的距离；我们每个人都是满口无牙的家伙，不用教就会吮吸，然后逐渐长出初齿，学着独立取食；我们每个人都是使用"天语"的家伙，接着我们放弃自己的表达方式，咿呀学语，用自己的母语和人交流。童年早期就是一部活的进化史，曾在每个人身上演进，自然安排人类千百万年的进化像年轮般刻在童年里，何等神奇！

这是一个史诗般成长的过程！

苏联心理学家B.C.穆欣娜细致地记录下童年获得行走和语言能力时的特点："行走时，他们甚至像故意寻找一些额外的困难：哪儿有土丘、台阶和各种坑坑坎坎，他们就从哪儿走。一岁半时，儿童对练习动作极感兴趣。他们已不满足于简单地跑和走，他们故意使自己的行走复杂化：踩着各种小东西走、倒退着走、不走旁边的平坦大道，却故意穿过杂木丛、蒙着眼睛走。②

---

① ［美］J.G.德维利尔斯、P.A.德维利尔斯：《幼儿语言》，贾生译，辽海出版社，2000年，第13页。
② ［苏联］B.C.穆欣娜：《儿童心理学》，陈帼眉、冯晓霞、史民德译，人民教育出版社，1990年，第76页。

"婴儿把猫称为'喵呜',以后开始用这种称呼称毛皮围巾(因为它是毛茸茸的)、各种小发光物(显然因为它们像猫眼睛)、叉子(在知道猫爪子以后),甚至称爷爷奶奶的画像(这里,也是针对眼睛)。

"对于2岁多的儿童来说,词获得发动功能比获得抑制功能要早得多,即按词的指示开始某些行动比制止已经开始了的行动要容易得多。比如,要求儿童关上门,他可能把门反复开开又关关。行动的停止则是另外一回事。虽然在接近早期童年时,儿童一般已经开始理解了'不行'这个词儿,但禁令还不像成人所希望的那样起魔法一样的作用。比如,小安德留什动手把钉子向插座里插,成人警告他'不行',孩子却急急忙忙地把钉子插了进去,或者抽向放鞋的地方。成人追着他喊'不行',他却像一匹被鞭打的小马,迅速抱住他喜爱的鞋跑向预定目标。"①

在心理学家客观的记录中,我们看到童年早期生命顽强的探索精神,自然的生命形式已经展开,直立行走是儿童独立前行的基本条件,语言发展是认识指称事物、与人类沟通的第一把钥匙,而大脑发展是智能发展的最重要目的,直立行走和语言的发展又将进一步促进大脑的发展。

因此,人类从童年获得一生发展的生理基础,在进入社会的漫长岁月前夕,童年被赋予最充分的自然生命形式,它跨越人类千百万年的跋涉,它承继自然千百万年的选择成果,它展现了自然生命的神奇!

二、天然的生命美

童年天然的生命之美不是人工所成,它还没经过社会化的雕饰,它散发着自然神秘的气息,它的形态、感觉、把握世界的方式无一不是崭

---

① [苏联]B.C.穆欣娜:《儿童心理学》,陈恒眉、冯晓霞、史民德译,人民教育出版社,1990年,第96页。

新的、天然的。

从人与人的关系来看，将久历人世的成年与童年相比，成人有更多的智识、经验、理性，也更懂得掩饰真实的情感观点、掩藏真实的想法意见，这样，成人原本简单、纯洁的本心往往容易被蒙蔽，袒露给世人的不是真实的自己，每个人都把自己的真心藏得紧紧的，彼此相会的则是矫饰过的、不再天然的心灵。人与人心灵的距离于是越来越大，人们离得越来越远。没有人天生会欺骗，人都是在被骗中学会欺骗的。人们在相互的欺骗中心灵变得越来越刚硬，越来越狡诈，人很容易迷失真我，眼前一片混浊，看不到人性本来的美好。"他人即地狱"，并不是哲学的发现，而是人性的堕落。

童年却绝不是这样。在上面我们提到，人脸的亲切其实是作为基因的形式转入婴孩的认知图式中，每一个孩子一开始都会无条件地相信一切。如果母亲给他足够的爱的安全，每个孩子都将带着爱和信任踏上社会的游戏圈。在没有进入游戏圈的乐园中，我们每一个人都曾经没有多少智识，没有什么经验，也缺乏高度的理性，可是却不知道掩饰，不知道欺骗，不知道狡诈，对人依赖和信任，对世界捧着一颗真心，彻底地做一个至情至性之人。

法国作家圣埃克苏佩里通过著名的哲理童话《小王子》表达对童心的礼拜，小王子就是世界上最纯真的那个孩子。他来到地球，碰见蛇时他也会道声"晚上好"，他看见山峰也问候"你们好"，来到玫瑰园也问候"你们好"，后来一只狐狸请求他"驯养"它，就是每天在相同的时间出现，彼此每次靠近一点，小王子和狐狸耐心地建立了感情的联系，直到小王子离开的时候。小王子不知道什么叫做不信任，他总是相信他遇见的每个人每件事，在沙漠中，他相信飞行员能给他画出装绵羊的箱子，他也相信蛇的话，为了他心中唯一的玫瑰，他必须回到自己的星球，于是蛇送他上了路，"他的踝骨旁边闪过一道黄光。霎时间他动也不动。没有呼喊。他像一棵树似的缓缓倒了下去。"①小王子对世界全然信任，任何事物他都彬彬有礼地对待，对待狐狸的方式也许就是人类本来应该彼此相待的方式，用爱心和耐心逐渐缩短彼此的距离，于是人间充满情味，"看到麦子的颜色就会想起你"。而他对待星球上那朵唯一的玫瑰花的爱，让他即使失去生命也毫不顾惜。《小王子》拥有无数的读者，被称为出版数量仅次于《圣经》的书，人们真的被小王子的至纯至净深深感动。

从把握事物的方式来看，童年时的眼光正因为没有被杂念遮蔽，用丰子恺的话说，这种眼光往往是"直"的，他能够看到事物的本相。而成人的眼睛却是"曲"的，他从物体本身绕开去，看到物体的实用功能用途或者意义主题，本相却无法看到。有时候，成人又是从一己利害出发，左右权衡，有意蒙蔽真相，自欺欺人。

安徒生的童话《皇帝的新装》给了我们许多启发。在这个故事中，所有的人，包括国王自己，因为不想承认自己是傻子或者玩忽职守的人，都甘心跳进了骗子们的陷阱，国王甚至荒诞到穿着一件并不存在的袍子光着身子游行，许多人竟然还假装看见了这件华丽的衣服而发出赞叹之声。成人只要一遇见关系利害的事情，就是连一件不存在的衣服他们也有本事在想象中把它伪造出来，看起来像真的一样。然而，这时一个天真的孩子喊道："可是，他什么也没穿呀！"真相才在这毫无矫饰的声音里获得回应。所以，真实的确是把握在真心手里，失去真心的成人只能紧守着他们的虚伪相互欺瞒。

有时成人的目光则因为停留在功利上面而忽略事物的本质。《小王子》中说："成人喜欢数字。你跟他们谈起一位新朋友，他们绝不会问本质的东西。他们不会对你说：'他的声音怎么样？他爱好什么游戏？他搜不搜集蝴蝶？'而是问：'他岁数多大？几个兄弟？体重多少？他父亲

---

① ［法］圣埃克苏佩里：《小王子》，马振骋译，人民文学出版社，2002年，第105页。

挣多少钱？'这样问过以后，他们认为对他有所了解了。如果你对大人说：'我看到一幢漂亮的房子，红砖砌的，窗前有天竺葵，屋顶上有鸽子……'他们想象不出这幢房子是什么样子的。要是说：'我看到一幢房子，价值十万法郎。'他们会惊呼：'多漂亮呀！'"[①]

与成人的无聊刻板相反，孩子呢，却能在平常的事物中把握本质和诗意。比如我们看见椅子会想那是用来坐的，可是孩子却说"椅子永远不坐下，它一生都站着"。孩子还会发现，"我的衣服不吃早饭。我的衣服不眨眼。但裤子和毛衣还是能与我一起在雨中飞跑，袜子则跟着我到处跑。""我的眼睛看呀看，耳朵听着声音。牙齿从我嘴里偷偷向外张望。""森林里没有任何城市。""石头看上去全一样。因为石头生活了太久，太久。但是它们什么也不说，因为石头累了，它们只想睡觉。""我能决定我脚上穿的鞋。但我不能决定雨。雨下在狗、王子和贫寒的妻子身上。所有的都被淋湿了。但是我的影子不会被淋湿。当我走进屋子的时候它总是干的。影子承受一切。它没有身体，它做愿意做的事情。离开的时候也不说一声……"[②]

可见，童年状态智识上的"无所为"却是"大为"，它能卸掉知识经验的负累，跳升生活狭窄的圈子，发动它强大的想象力和观察力，看到广阔世界物体的真正本质，将规定好的世界重新组合，创造出崭新的艺术形式。童年时期的人是天生的艺术家。

真实总是握在真实手里，新鲜总是产生新鲜，因而童年的心灵具有透视世界创造世界的强大能力。而这种能力往往是艺术家一生所求。

这个被艺术家艳羡的王国是一个广阔无垠的世界，也是一个天然纯净的仙境。它具有真正纯粹的天然之美。西塞罗说："以前的哲学家靠近摇篮，因为他们认为在儿童的思想中能看出自然的意图。儿童就像一面

---

① ［法］圣埃克苏佩里：《小王子》，马振骋译，人民文学出版社，2002 年，第 17 页。
② ［挪威］Svein Nyhus：《世界没有角落》，贺东译，同心出版社，2005 年。

镜子，能反映出自然。"因为"自然仿佛穿透迷雾的一束亮光；自然在儿童身上映出自己的轮廓，支配儿童的行为。幼小的儿童身上有美德的影子，有点亮哲学家理性的星星之火"。[①]

童年与成年站在人生不同的两极，成年如同一面镜子，反映社会的各种形态，童年也如同镜子，反映天然的形态。西塞罗所说的从哲人身上看到的美德的影子，其实就是从童年看到人性本初时的美好。成人只要懂得把目光聚焦在儿童身上，懂得从童年状态返照自身，他们就可能获得更高的智慧，相信人性的美好，少受世俗的浸染。

善和美如同孪生姐妹，在人的初始完美地表现出来。那时，童年站在人生初始的源头，水草丰美，蓝空如洗，目光清澈，笑靥如花，额上还带着天使的印记。一切都是美好的，是梦还是现实，谁会计较？那时脚的力量还弱小，心灵却长出翅膀，整天飞翔，上天入地，转瞬即成，那时世界还没有变成人的牢笼。那时眼睛还是传说中的神泉，流淌到哪里，哪里就芳香满溢，人的善意和祝愿像鸽子一样追逐这神奇的美好活水，没有人愿意拒绝他的来到，每个人都想轻柔地掬起一把，洗去自己的浮尘，那时人们还没有变成彼此的地狱。

那时，童年坐在天真的宝座上做王，他不管巨人国制定的那一套陈腐的条框，他想可以这样便这样，可以那样便那样，他轻而易举地成就的快乐，巨人们穷其一生可能都无法得到。他也举着公义的杖，视蚂蚁虫蝇为同类，拜猫狗兔猴为兄弟，奉花草树木当知己，将玻璃碎屑做珍宝，视云霞雨霜为神话，在他的世界没有唯一的权威和优越者，众生平等，万物同源，他是彻底的公正之王。他也怀一颗仁慈之心君临天下，为洋娃娃打针叫痛，为花草枯荣伤怀，为鱼儿小鸟不见了号哭一上午，为妈妈的一颗眼泪赔一池的泪水，为卖火柴的小女孩攒聚100双漂亮的小

---

① ［法］让-皮埃尔·内罗杜：《古罗马的儿童》，张鸿、向征译，广西师范大学出版社，2005年，第71—72页。

鞋子，他是完全的善良之子。

　　所以，我们说童年之美的总特征在于它的天然之美。童年期的人是天然的人，具有大自然的形式。我们下面将从童年的形态特点、情趣特点、想象特点和心灵特点四个方面来阐述童年之美的各个特征，分别为童稚美、童趣美、童幻美、童心美，对应童年的生命美、创造美、想象美和人性美。

第四章 初发芙蓉，自然可爱的童稚美

> 我的心灵像焕然一新的大自然一样充满欢笑。①
>
> ——托尔斯泰：《童年·少年·青年》

客观说来，童年只是人生一个年龄阶段的称号，它并不具有具体的形态特征；然而，说到童年，我们每个人都能感到那扑面而来的生机和活力，说到底，那生机和活力其实是来自童年时期的人——儿童。是的，儿童是童年王国的永远居民，这个儿童，既可能是那个曾经的你，也可能是现在眼前的他，一个是曾经的儿童，一个是现在的儿童，他们有一个共同的名字——童年。因此，我们要探讨童年生命美的外在表现形式——童年的形态特征，本质上我们就是探讨所有儿童的形态特征。

在展开论述之前，这需要我们调整眼光，首先用画家的眼光来欣赏童年生命，看那活泼泼的生命个体外在形态上具有何种美感。的确，一件物体或者一个人物吸引画家进行艺术创造，当然不仅仅在于物体或者人物的线条、光线，物体或人物本身内在具备的某种美可能也在同时起着重要的作用。同样，我们在欣赏童年生命美的同时，也无法将某种绝

---

① ［俄］托尔斯泰：《童年·少年·青年》，草婴译，上海文艺出版社，2004年，第151页。

对的外在形式从内在特质中选剔出来，我们只是试图尽量从童年的外在表现上来观看童年之美。永远没有完全剔除内容的形式，形式也可能包含着某种内容上的美。

宗白华先生在《中国美学史中重要问题的初步探索》中指出：鲍照比较谢灵运的诗与颜延之的诗，谓谢诗如"初发芙蓉，自然可爱"，颜诗则是"铺锦列秀，亦雕缋满眼"。《诗品》："汤惠休曰：'谢诗如芙蓉出水，颜诗如错彩镂金'。颜终身病之。"这可以说是代表了中国美学史上两种不同的美感或美的理想。

这两种美感或美的理想，表现在诗歌、绘画、工艺美术等各个方面。

楚国的图案、楚辞、汉赋、六朝骈文、颜延之诗，明清的瓷器，一直存在到今天的刺绣和京剧的舞台服装，这是一种美，"错彩镂金、雕缋满眼"的美。汉代的铜器、陶器，王羲之的书法、顾恺之的画，陶潜的诗，宋代的白瓷，这又是一种美，"初发芙蓉，自然可爱"的美。①

宗先生关于我们美学史上两种不同的美感或美的理想的论述，让我惊喜万分。唐代诗人李白也有诗云："清水出芙蓉，天然去雕饰。"苦苦思索的我终于找到了童年生命美的具象对应。

童年生命美是属于谢诗的美，是"初发芙蓉，自然可爱"之美，童年又是生命的稚弱之期，所以，完整说来，童年生命美是"初发芙蓉，自然可爱"的童稚美。

幼儿园运动的创始人、著名教育家福禄贝尔，在众多的词语中选用"幼儿园"来称谓儿童发展的地方，因为他认为儿童就是那花园中的植物，需要教师们像园丁对待花草一样精心培育。"幼儿园"就是"儿童的花园"，是儿童童年幸福的象征。受之影响，我们也常常用花朵和蓓蕾来比喻儿童。勃兰兑斯则从另一个方面说，植物本是一个个睡着的孩子。

---

① 宗白华：《中国美学史中重要问题的初步探索》，见宗白华：《美学散步》，上海人民出版社，2005年，第34—35页。

可见，人的智慧早就将自然界中的花与人类的儿童联系起来，喻体和本体之间的相似性——同样的美好和娇嫩，背后是发现者——成人的珍惜和挚爱。

然而，在种种花草中，还有什么比那清水中初生的荷花更能贴切地比喻人生初始之时的童年呢？童年期是人的天然形式，童年之美是天然之美，全无雕饰，出于社会的泥淖却远离俗世的泥尘，正如宗白华举证的汉代的铜器、陶器，王羲之的书法、顾恺之的画，陶潜的诗，宋代的白瓷，弃技绝巧，质朴天真，兀自芬芳，不正是那凌波绝尘、自然可爱的菡萏吗？

从自然可爱的美容再联想到童年生命中历经的种种童稚天真，童年时代的种种尝试探索和发现，我们将不难发现，这个"初发芙蓉"般的生命，无一不是美，无一不充满生的欣喜，无一不闪烁人的荣耀。童年的生命之美主要从童年生理特征、形态特征的角度，抓取"初发芙蓉"之"初、新、小"等特征进行阐述，童年的生命之美于此唤醒成人对于童年关于初之欣喜、新之稚拙、小之可爱的审美感受。

一、初之欣喜

走进初春的花园，游人在枝头发现了新发的嫩芽，尽管那些新绿星星点点地少而小，却一样能引起心底赞叹和欣喜。南宋诗人张栻在《立春偶成》中写道："律回岁晚冰霜少，春到人间草木知。便觉眼前生意满，东风吹水绿参差。"春回大地，草木新绿，总是让人感受到生机。面对初发的花苞、幼苗，就如同面对生命初发的欣喜，一般人的感受莫不如此。而步入人类生命的花园，童年生命正是生命枝头新发的嫩芽，尤其让人感到生之欣喜。生命说："童年是我最美的丫枝，嫩叶尖还带着朝露，在薄薄的晨雾中等待着日出。"一幅蔡志忠的漫画这样盛赞童年。因为童年生命总是让我们看到初生之欣喜。

难道我们不是在看到孩童粉色的脸蛋时连连赞叹生之美好，不是在看到孩童玫瑰色的肤色时连连感叹生之娇嫩，不是在看到孩童清澈如水的眼眸时不得不相信世界的纯净，不是在听到孩童没心没肺的欢笑时不得不会心一笑？

而且，我们不是总能在咿呀学语的孩童身上看到天然的智慧，不是总能在蹒跚学步的孩童身上看到生命的力量，不是总能在豁牙换齿的孩童身上看到神秘的节奏，不是总能在孩童日新月异的成长中真实感受到时间的流逝和生命的珍贵？

童年生命能唤起我们的审美愉悦，让我们看到生之可爱，就像一朵花、一棵树唤起我们美好的感觉，感觉的实质应该是相似的。那童年里走来的孩子，是大人国里的小东西，那如花瓣般的脸颊，那红润的嘴唇，那胖乎乎的小手，那天真无邪的笑，那清澈的眼眸，那有如天籁的童音，那稚憨的神情，真是花朵般地美好。小孩的一举手一投足，一颦一笑，无一不流动着美和生命的生动。"我听见一个孩子在大笑，于是我那属于以太的灵魂便在土质的躯体中颤动。这婴儿的声音不啻是天使声音的回响，他如此无瑕可爱的笑促使无数学者竞相去探究那混沌不清的永恒的秘密。"[①]

对这份面对童年生命初之欣喜感受最强烈的莫过于有孩子的父母们。父母犹如童年的守望天使，他们用自己的辛劳岁月记录着孩子的成长历史，孩子从呱呱落地，到日渐成人，恍若种植一枚种子，然后浇水施肥，等待着它抽枝发芽，初具雏形。这便是整个童年岁月父母亲情浇灌的结果。从另一个角度来看，所有的父母并不仅仅是客观的培育者和观察者，他们事实上是将爱与自己的孩子紧紧联结在一起，并且是和自己的孩子再次经历生命中那些充满惊喜的成长过程。人类这种养育模式使生命的

---

① ［黎巴嫩］梅·齐亚黛：《孩子的啼哭声》，引自《天方智慧鸟》，周顺贤、袁义芬译编，上海文化出版社，2000年，第315页。

意义有了某种升华：一方面，生命于此开始走向衰老和陈旧，另一方面，生命于此又获得了更新和焕发。所以，生命和生命在一起，是更能分享那份初生之欣喜的。

法国画家让-弗朗索瓦·米勒有许多表现永恒的作品，他与安徒生在同一年（1875年）巨星陨落，安徒生尽管没有当过父亲，但是他凭借他众多的子女——那些美丽的童话作品，人们一样将他推到了人类童年的守护者之尤其伟大者的位置，与安徒生不同，米勒是5个孩子的父亲，精湛的艺术感觉让他成为了大地之子（罗曼·罗兰称米勒是大地的画家），为人父的温情体验在他的作品中也留下了瞬间的永恒。在米勒的传世之作中有两幅守护童年的伟大之作——《初步》和《喂食》。《初步》中还系着围兜的幼儿在母亲的搀扶下，恨不得雀跃着飞奔到农作归来的父亲怀里，不远处父亲正张着一个大大的怀抱等待着，鼓励着。父子间那双份的急切和兴奋溢满画面。以后凡·高也仿作过这幅画，用了明亮的色彩和弯曲的线条再现这个辉煌的瞬间。另一幅《喂食》，画面上石板的门槛上一排坐着三个小女孩，对面一个神情慈祥的母亲正举起勺子，将手中的食物喂给中间的一个小女孩，小女孩天真地伸长脖子凑近，旁边的两个姐妹也神情庄重地看着这一刻。孩子仰面的脸庞照着爱的明亮的阳光，母亲背光下的柔美的背影，明暗分明，尽管母亲身着黑色的衣裙，在这幅图景却让人感到那漫天的阳光从她身上散发出来，孩子们天真烂漫地接受着母亲的食物，那份依恋和温暖正是童年时爱的表达，令人久久感动。

南宋诗人杨万里有首题为《小池》的诗："泉眼无声惜细流，树阴照水爱晴柔。小荷才露尖尖角，早有蜻蜓立上头。"才露小小尖角的荷花立在池水中，那懂得鉴赏的蜻蜓就早早地栖息在它的小尖角上了。初发的花苞是多么美丽啊，大概连蜻蜓也在心底发出初生之欣喜吧，否则，怎么会那么痴心地等待呢。

二、新之稚拙

人生源头上的童年每一处都是新的，儿童首先通过母亲发现了周围的世界，母亲就是爱，爸爸是上班的，小鸡是"唧唧"，小狗是他的小尾巴。他的耳朵是为了听见鸟声和精彩的故事，他的眼睛是为了发现月亮是一枚跟人走的镜子，他的双脚是为了能够奔跑，他的嘴巴和牙齿是为了吃香喷喷的食物，他的声音是为了能够脆生生地叫"妈妈"，他的名字是为了不把自己丢失，他的身体是为了每天穿好看的衣裳。太阳每天都是新的，看起来像一个圆圆的金黄的面包；星星喜欢热闹，也很顽皮，老爱眨眼睛，不知道有什么秘密；傍晚湖面上会掉下很多金子，早晨的草尖上镶满了闪亮的钻石……

套用狄金森的句子，我们可以说："人类已经有几百万年的历史／但在人生金黄的履历表上／每一个孩子都是新的／每一个童年都是第一次。"[1]

正是因为童年在每个人身上发生都是第一次，孩童便会从自己的经验出发来感知和认识世界，又由于他们经验的缺乏或不足，这种感知和认识的方式便打上了孩童的特点，在成人看来，这就是一种稚气、笨拙。稚拙本是孩童的可爱之处，如果孩童处事的方式像成人般——周到老练——那这样的孩童也就失去了本真的可爱了，早熟也是一种畸形，一种做作。

流露在孩童身上的稚拙自然平常，让人喜爱。

日本作家黑柳彻子的童年回忆——《窗边的小豆豆》之所以感动全世界，在于那童年的满纸稚气，无人不为之感叹！第一章写豆豆第一次

---

[1] ［美］狄金森：《永远是我的》："旧的是美德，新的是课题／东方，确实是上了年纪／但是，在他的紫红课程表上／每个黎明，总是第一。"引自《狄金森诗选》，江枫译，中央编译出版社，2004年，193页。

去车站坐电车，她手里小心翼翼地握着车票，到了检票口，却非常舍不得交出去。她问检票叔叔："这张票，我留下来行吗？"当然是不行。豆豆指着检票口盒子里满满的车票问："这些，全部都是叔叔的吗？"还以为是人家检着票玩呢。知道那些票属于车站，豆豆恋恋不舍地看着盒子说："我长大了，要做一个卖车票的人！"后来告诉妈妈，妈妈一点也不奇怪，说："你不是说你要做间谍的吗？这可怎么办好呢？"豆豆开始思考，突然想到了一个好主意，看着妈妈的脸，大声宣布："哎——做一个化装成售票员的间谍，怎么样？"诸如此类童年傻事，小说中遍地都是，很可爱。

泰戈尔非常喜欢孩子的稚气，有一首《长者》的诗是从间接的角度写的。

妈妈，你的孩子真傻！她是那么可笑地不懂事！

她还不知道路灯和星星的分别。

当我们玩着把小石头当食物的游戏时，她便以为它们真是吃的东西，竟想放进嘴里去。

当我翻开一本书，放在她面前，在她读 a、b、c 时，她却用手把书页撕了，无端快活地叫起来；你的孩子就是这样做功课的。

当我生气地对她摇头，骂她顽皮时，她却哈哈大笑，以为很有趣。

谁都知道爸爸不在家，但是，如果我在游戏时高声叫一声"爸爸"，她便要高兴地四面张望，以为爸爸真是近在身边。

当我把洗衣人带来载衣服回去的驴子当做学生，并且警告她说，我是老师，她却无缘无故地乱叫我哥哥来。

你的孩子要捉月亮。

她是这样的可笑；她把格尼许唤作琪奴许。

妈妈，你的孩子真傻，她是那么可笑地不懂事！[1]

全文用告状和抱怨的语气写出了一个天真的妹妹的形态，不知道星星和路灯的区别，书是用来撕着玩的，分不清游戏和现实的区别，连话都说不清楚，真是傻啊，笨笨的，但是可爱。

另有一首叫《恶邮差》，写到孩子发现妈妈因为没有收到爸爸的信而不开心时，就认为"我确信这个邮差是个坏人"。"我看见邮差在他的袋里带了许多信来，几乎镇里的每个人都分送到了。只有爸爸的信，他留起来给他自己看。"于是，孩子决定自己给妈妈写信。"我自己会写爸爸所写的一切信，使你找不出一点错处来。我要从A一直写到K字。""我将用心画格子，把所有的字母都写得又大又美。当我写好了时，你以为我也像爸爸那样傻，把它投入可怕的邮差的袋中吗？我立刻就自己送来给你，而且一个字母一个字母地帮助你读。"[2]孩子以为写信就是写字母，邮差没送爸爸的信就是留起来自己看，要把自己写的一个字母一个字母读给妈妈听，一样童稚天真。

儿童文学中表现此类的例子也是举不胜举。典型的如小熊温尼式的憨态可掬。《小熊和小猪去打猎》中写道·一个下雪的冬日，温尼·菩正在一个人打猎，跟踪一个神秘的踪迹。好奇的小猪也赶快加入进来，怎么回事？马上好像有两个猎物出现了，因为雪地上又出现了一个同伴的脚印。他们想象那是两只伶鼬的脚印，于是小熊小猪一前一后绕着小树林跟踪下去。脚印好像越来越多，小猪被自己想出来的怪兽吓坏了，赶快离开了打猎现场。等罗宾来了，小熊才知道跟踪的就是自己和小猪的脚印。小熊傻吧，米尔恩随手编了好多这样傻傻的故事，但是所有人包括所有大人都很喜欢这只小傻熊。

---

[1]　［印度］泰戈尔：《新月集·飞鸟集》，张炽恒译，湖北少年儿童出版社，2003年，第98页。
[2]　［印度］泰戈尔：《新月集·飞鸟集》，张炽恒译，湖北少年儿童出版社，2003年，第101页。

德国儿童文学作家雅诺什的小老虎小熊系列绘本中，我们可以称之为小老虎小熊式的痴拙，在《噢，我美丽的巴拿马》中，小老虎和小熊出去寻找巴拿马，"不认识的人得看路标，我们也不认识路，我们也需要一个路标。"然后，他们就用从河里捡到的那个箱子做了一个路标。傻吧，不认识路当然需要找路标，却不是自己乱做一个。在《来，让我们寻宝去》中，小老虎和小熊得到了好多的苹果，他们去城里把苹果换成钱。银行里的和气先生数了数那些苹果，说："八百个。八百个正好是四百的两倍，所以你们可以得到四百元。"小老虎是怎么开心的？他说："哎，两倍啊！"小老虎说："你看，小熊，我们从现在就走运了，我们有两倍的钱啊，太棒了，是不是？"痴吧，又弄反了，不是两倍，而是一半，他却高兴上了天，但是又多可爱。

儿童文学中这些童话的主角虽然都是动物，实质上写的都是真正的童年生命，这些稚拙正好抓取了童年生命的天然状态，反映了清新可爱的生命之美。

三、小之可爱

孩童的娇小总是能唤起人的柔情。

记得童年时读《安徒生童话》，最不能忘记的是睡在核桃壳里的拇指姑娘，想从书里找来看看究竟是什么样子，可恨书里都是字，连幅图都没有，于是心底总是想着那小小的拇指姑娘，站在花蕊间遇见了王子，那一定是真的很小很轻也好可爱吧。后来读《精灵鼠小弟》，书里说小弟的床是用四个衣夹和一个香烟盒子做成的，一点也不好看，这次画里有图，发现小小的小弟还是很可爱。

阅读经验的念念不忘，自然离不开对娇小的眷想吧。

丰子恺在《从梅花说到美》这篇文章中提到美的客观说，客观美的"五条件"中有两个是：

　　第一，形状小的——美的事物，大抵其形状是小的，女人比男人，身体大概较小。故女人大概比男人为美。英语称女性为 fair sex 即"美性"。中国文学中描写美人多用小字，例如"娇小"，称女子为"小姐""小鬟"，女子的名字也多用"小红""小苹"等。因为小的大都可爱。孩子们喜欢洋囝囡，大人们喜欢宝石、象牙细工，大半是因其小而可爱的缘故。我们看了梅花觉得美，也半是为了梅花形小的缘故。假如有像伞一般大的梅花，我们见了一定只觉得可惊，不感到美。我们看见婴孩，总觉得可爱。但假如婴孩同白象一样大，我们就觉得可怕了。

　　第四，纤弱的——纤弱与小相类似，可爱的东西，大概是弱的。例如鸟、白兔、猫，大都是弱小的，在人中，女子比男子弱，小孩比大人弱。弱了反而可爱。①

日本作家清少纳言以文笔的纤细凄柔闻名，她说，任何东西，小的都很美。在《枕草子》中，她写了一篇《可爱的事》，将自己以为可爱的都举例出来：

　　　　画在田瓜上的幼儿的脸。
　　　　学老鼠吱吱叫的声音，一声呼唤，那家雀崽便蹦蹦跳跳地跑来。并且，如果给家雀崽系住一条绳，老家雀便叼着昆虫喂进它的嘴里，非常可爱。
　　　　两岁上下的幼儿急忙爬过来的路上，一眼发现有个小小的尘芥，用非常可爱的小手指抓住，拿给大人看，极其可爱。

---

① 丰子恺：《丰子恺艺术随笔》，上海文艺出版社，1999年，第6—7页。

剪刘海发的幼女，头发蒙住眼睛也并不拂去，歪着头看东西，那模样十分讨人欢喜。

双肩挎着背带的幼女，腰部以上给人的印象又白又美，看着真可爱。

个头不高的"殿上童"，衣服穿得板板正正，走来走去，也很可爱。

一眼看去很漂亮的幼儿，刚抱起来亲一下，他就紧贴怀里睡熟了，好可爱。

偶人。

从池水中掬取浮住水面的极小的荷叶观赏。

小小的葵叶很可爱。任何东西，小的都很美。

两岁左右的大胖孩，肤色洁白，很可爱，而且身穿二蓝的绫罗，长长的衣裳靠背带挽住袖子爬了出来，十分可爱。

八、九、十岁的小男孩，童声童气地朗读汉籍诗文的声音，真是异常动听。

小鸡雏腿很长，身子白，模样很可爱，仿佛穿着短小衣服似的，啾啾地吵吵闹闹，跟在人们身后缠缠绕绕；或是陪在母鸡身旁转来转去，看在眼里，实在可爱。

鸭蛋篓。

石竹花。①

这里共列举了15种小小的东西，其中8件讲的是有关孩子的事，都是小小的，好可爱。

这份对孩童喜爱之情，并不只限于女作家的敏感。《古罗马的儿童》

---

① ［日］清少纳言：《枕草子图典》，于雷译，三联书店，2005年，第166—168页。

一书中提到古罗马时期的马卡斯·奥里略皇帝对他的孩子非常温柔。这个皇帝写了不少这方面的文章，他指出一切皆为虚无："在生命中，最值得重视的事物就是虚无、腐朽、无意义；小狗无端狂吠、小孩吵架。他们一会儿笑，一会儿哭。"他叫自己儿子的爱称是"我的小鸡"，而奥古斯都皇帝亲昵地称自己的孙子为"我的小毛驴"。①

　　大部分人回忆童年时光都能忆起和平时代中的友好。高大雄伟容易引人产生崇高感，如高山大海、大型建筑；娇小却容易引起人的同情和怜惜，如小小的孩子。孩子的形体，柔弱娇小，使人不由得放下姿态，心生喜爱，这大概是"人见了小孩的说话行动，常不禁现出笑容来"原因之一吧。

　　生命的奇迹藏在每个人人生的原初，自然慷慨地将欣喜、稚拙、可爱馈赠给柔弱之躯，同时就将爱、喜悦、柔情之光照耀这初发的花蕾。孩童离不开自然的规律，就像荷花离不开清水的灌溉；孩童离不开成人之爱的轻抚，就像荷花离不开阳光的照耀。生命之力一旦获得，便跑步向前，童年生命于是日益丰满，在一池清水里嬉戏开放。我们这些停步观看的观众，惊奇地看着这儿满生命之美的精灵们。

---

① ［法］让–皮埃尔·内罗杜：《古罗马的儿童》，张鸿、向征译，广西师范大学出版社，2005年，第70页、39页。

有若天籁，
生机盎然的童趣美

他们没有安静的时候，他们没有不打打闹闹的时候……他们是一群孩子。[①]

——梅子涵：《走入了生命的书》

尽管从原始社会以来童年历经了数不清的变化与进化，然而童年期的人仍是保留着大自然天然形式的人，游戏本能仍然在儿童身上根深蒂固。任凭周遭世界是愁云惨雾还是血雨腥风，是漫漫黑夜还是无尽寒冬，是亘古时代还是杳远岁月，快乐永远是童年的专利，活泼永远是童年的特权，游戏和玩乐永远是童年的主要生活方式。童年总是在玩乐中度过，孩子总是在游戏中长大。

《幼儿游戏理论》一书指出，"早在人类的童年，游戏就已是全部生活的内容之一。不论是为了使劳动轻松愉快的边游戏边劳动，还是为了再度体验自己力量的快乐而作为劳动的消遣，或是伴随着幼年成长的对成人劳动的模仿，都说明原始初民人人有游戏的渴望，游戏的权利人人共享，游戏的机会人人均等。""为了追寻猎物，他们（儿童）

---

① 梅子涵：《走入了生命的书》，见梅子涵：《阅读儿童文学》，少年儿童出版社，2005年，第46页。

在游戏中发展了奔跑的能力；为了围打野兽，他们在游戏中发展了跳跃的能力；为了跋山涉水，他们在游戏中发展了攀登和游泳的本领……所以，原始人的儿童更是尽情享受着游戏的欢乐，他们除了参与成人玩高跷、拔河、跳绳等运动性游戏外，还有着自己专门的游戏，这从历史废墟中出土的玩具可见一斑，他们有玩偶（有书描写，古埃及的玩偶头非常小，纹面图样画在身体上，据说因为原始人看惯了裸体，身体部位相对突出，而头部次之的缘故；印第安人则用树皮柳枝做偶人，有鞭打的陀螺、小型复合弓、小鼓、拉线玩具等）。看来原始民族已有了儿童玩具的发明，游戏充实了童年期的发展，玩具又增添了童年期的乐趣。"①

　　意大利教育家、世界上第一所"儿童之家"的创办人蒙台梭利在大量观察儿童游戏的基础上揭开了"童年的秘密"，提出了儿童的"工作本能"说，"儿童的工作愿望代表了一种生命的本能，因为他不工作就无法形成自己的个性"。②为此，蒙台梭利创造了一套操作材料，用于儿童工作。尽管她所创造的操作性游戏，并不是儿童自由表达的游戏形式，但活动的基本要素却完全来自儿童的自由游戏。因而，这种"工作"本质上与原始时期的儿童游戏是一致的。

　　王阳明曾说："大抵童子之情，乐嬉游而惮拘检；如草木之始萌芽，舒畅之则条达，摧挠之则衰萎。" 鲁迅在《风筝》中说："游戏是儿童最正当的行为，玩具是儿童的天使。"③郑振铎说："只要把小孩子的玩具夺去了一次，我们便晓得夺去一切成人的安慰，是如何的残忍而且不人道了。"④

————————

①　华爱华：《幼儿游戏理论》，上海教育出版社，1998年，第9页。

②　［意大利］玛利亚·蒙台梭利：《童年的秘密》，金晶、孔伟译，中国发展出版社，2003年，第230页。

③　鲁迅：《风筝》，见《鲁迅散文选集》，百花文艺出版社，1991年，第248页。

④　郑振铎：《安慰》，见《郑振铎选集·第一卷》，四川文艺出版社，1990年，第25页。

现代文明并不能抹杀儿童的玩乐天性，所以，孩子仍然是活泼好动的孩子，他们仍然灵感迭起地将生活中的普通什件变成快乐的源泉，他们仍然遵循自己的行为方式变成了大人眼中精力过剩的调皮鬼、淘气包。

谁会忘记童年时代伙伴们的欢笑声呢，无论是捉迷藏、抓强盗，还是跳房子、玩皮筋，我们不就是在那些笑声中长大的吗？现在，只要你去任何一个儿童游乐园，你就没有办法不看到沸腾的欢乐，就没有办法不看到孩子们玩得生机勃勃、龙腾虎跃的场景，就没有办法不听到孩子们的高声尖叫和快活的笑声，那场景就是持续了千百万年的人类游戏本能，那声音就是让成人惊喜振奋、天籁一般的赞美，那种流泻在孩子满头大汗、闪闪发光的脸上，奔跑不息、永不知道疲倦的双脚上，劳作不辍、永不愿停顿的双手上的活力和快乐就是"有若天籁，生机盎然的童趣美"。

如果说童稚美是从童年的形态特征来审美，那么童趣美就是从童年的行为方式来欣赏，从静止的形态到运动的行为活动，我们于此得以观赏那清池中荷花在童年的风中翩翩起舞，那沉浸于游戏世界的孩子获得的快乐是天籁的回声。天籁绝不同于人籁，它是浑然天成的，是自然而然的，它是一种率性，也是一种酣快，它应该是最接近天道的，它与自然深深互渗，人工的机巧只能望其项背。因此，这章我们主要抓取天籁的特点，分别从儿童活动方式的表现、精神、意义三个方面来概括童年的童趣美，分别表述为活泼美、率性美、创意美三个方面。

一、活泼美

好动是孩子的天性，每个孩子都是一首生动活泼的诗。1921年冰心写道："除了宇宙／最可爱的只有孩子／和他说话不必思索／态度不必矜持／抬起头来说笑／低下头去弄水／任你深思也好／微讴也好／驴背上，山门下／偶一回头望时／总是活泼泼地／笑嘻嘻地。"①

昆提利安证明幼儿的不知疲倦，他就描绘儿童的行为：他们不停地摔倒在地，双手着地爬来爬去，永远不停地游戏，从早到晚到处跑来跑去。②

朱自清的散文《儿女》中更是生动记录了他家孩子们每天"千军万马"的盛况：

　　每天午饭和晚饭，就如两次潮水一般。先是孩子们你来他去地在厨房与饭间里查看，一面催我或妻发"开饭"的命令。急促繁碎的脚步，夹着笑和嚷，一阵阵袭来，直到命令发出为止。他们一递一个地跑着喊着，将命令传给厨房里佣人；便立刻抢着回来搬凳子。于是这个说，"我坐这儿！"那个说，"大哥不让我！"大哥却说，"小妹打我！"……于是哭的哭，坐的坐，局面才算定了。接着可又你要大碗，他要小碗，你说红筷子好，他说黑筷子好；这个要干饭，那个要稀饭，要茶要汤，要鱼要肉，要豆腐，要萝卜；你说他菜多，他说你菜好。妻是照例安慰着他们，但这显然是太迂缓了。我是个暴躁的人，怎么等得及？不用说，用老法子将他们立刻征服了；虽然有哭的，不久也就抹着泪捧起碗了。吃完了，纷纷爬下凳子，桌上是饭粒呀，汤汁呀，骨头呀，渣滓呀，加上纵横的筷子，欹斜的匙子，就如一块花花绿绿的地图模型。吃饭而外，他们的大事便是游戏。游戏时，大的有大主意，小的有小主意，各自争持不下，于是争执起来；或者大的欺负了

────────

① 冰心：《冰心文集》(2)，上海文艺出版社，1984年，第212页。
② ［法］让-皮埃尔·内罗杜：《古罗马的儿童》，张鸿、向征译，广西师范大学出版社，2005年，第73页。

小的，或者小的竟欺负了大的，被欺负的哭着嚷着，到我或妻的面前诉苦；我大抵仍旧要用老法子来判断的，但不理的时候也有。最为难的，是争夺玩具的时候：这一个的与那一个的是同样的东西，却偏要那一个的；而那一个便偏不答应。[①]

孩子永远精力旺盛、不知停顿，林格伦给孩子们写了一本叫《吵闹村的孩子》的书，吵闹大概最能概括儿童群体生活的特点。孩子们天性的活泼、孩子们的嬉笑哭闹不知给这个呆板的世界带来了多少生机和乐趣。

葛西尼笔下的淘气包小尼古拉们一天到晚都没有安静的时候，他们总是能找着好玩的事。一大教室因为水管冻裂被水淹，老师宣布全班临时改到洗衣间上课，"大家都好高兴，因为每当学校里有什么变动，都会很有意思。"老师说要从餐厅搬些椅子来，大家全都把手举起来，都嚷着要去。结果，椅子一边搬来搬去，大家一边玩来玩去。"奥得趁老师不注意的时候，偷偷跑来搬，他都没有代替谁。"老师又说要把椅子摆整齐。"我们就开始排椅子，排得乱七八糟的。"[②]成人喜欢装出的严肃和正经在这里被消解，任何事情都可能成为游戏的由头。搬椅子是为了什么，老师是为了上课，尼古拉们却是为了快乐，搬来搬去，玩来玩去，一点也不含糊。

梅子涵先生评论《小淘气尼古拉》时这样说道：

> 这群哥们是这样的。他们没有安静的时候，他们没有不打打闹闹的时候，他们没有把一件事情搞得很符合逻辑的时候，结果他们就没有正正经经的时候，没有不哭哭叫叫的时候，没有不让你读着读着就嘻嘻哈哈大笑起来的时候。没有。他们是一群孩子。[③]

---

① 朱自清：《儿女》，见《朱自清散文》，浙江文艺出版社，1999年，第76页。
② ［法］葛西尼、桑贝：《小淘气尼古拉和他的死党们》，高宪如译，外文出版社，1998年，第34页。
③ 梅子涵：《走入了生命的书》，见梅子涵：《阅读儿童文学》，少年儿童出版社，2005年，第46页。

是的，他们就是孩子，他们是这个世界快乐的声音，他们遵循童年的逻辑，他们永远精力无穷、不知疲倦、生机勃勃，他们的笑声是来自天籁的声音。就像意大利儿童文学作家罗大里所说："世界上没有什么东西比孩子的笑更美了。"他们的存在就是对抗衰朽、冷漠、厌倦、乏味的，他们是这个世界的生机。

二．率性美

儿童是天然形式的人，忠实保留着人之初的游戏本能，这就决定了他们游戏或玩乐的目的绝不遵循效益原则，也不是为了实用的目的，儿童不会去计算他能从这场游戏中获得多少好处、得到多少收益，儿童游戏的目的就是游戏本身。对他们而言，游戏就是生活，玩乐就是一切。他们总是那样自然而然、率性而为、淋漓尽致，这个世界似乎只有孩子们真正把握了快乐的权柄，似乎只有他们是彻底懂得快活之道的人。

儿童的这种率性来自他们对游戏目的的彻底"无为"，他们最懂得珍惜现在，现在这一刻的快乐就是他们生活的全部目的，什么恼闷愁烦，他们转瞬即忘；什么世间的法则羁绊，他们毫不在意；什么世间的权势利害，他们视若尘泥。

马克·吐温这样让汤姆转身就忘记了自己的烦心事：当汤姆刚刚被模范儿童告发，可是"不到两分钟工夫，甚至比这还短，他的一切烦恼就已经全都忘了"。因为正巧有件叫人跃跃欲试的新事把倒霉事挤在一边。这新玩意儿是一种吹口哨的稀罕招儿，他刚从一个黑人那儿学来的。"用心勤练之后他很快掌握了窍门，于是他一路沿街走下去，嘴里一下下尽是和声，灵魂里满是感激。他这时的感觉和发现了一个新星座的天文学家差不多。如果要讲快活的强度、深度、纯度的话，那么毫无疑问，这孩子此刻的快活劲在那天文学家的快活之上。"①

泰戈尔在一首《玩具》的散文诗中写成人迷失了的游戏之心：

> 孩子，你真是快活呀，一早晨坐在泥土里，耍着折下来的小树枝儿。
>
> 我微笑地看你在那里耍着那根折下来的小树枝儿。
>
> 我正忙着算账，一小时一小时在那里加叠数字。
>
> 也许你正看我，想道："这种好没趣的游戏，竟把你的一早晨的好时间浪费掉了！"
>
> 孩子，我忘了聚精会神玩耍树枝与泥饼的方法了。
>
> 我寻求贵重的玩具，收集金块与银块。
>
> 你呢，无论找到什么便去做你的快乐的游戏，我呢，却把我的时间和力气都浪费在那些我永不能得到的东西上。
>
> 我在我的脆薄的独木船里挣扎着要航过欲望之海，竟忘了也是在那里做游戏了。②

物质的欲望蒙蔽了成人的游戏之心，他们在斤斤算计中失去了快乐的本心，他们在营营之求中忘记了快乐的简单本义，他们用真正快乐的代价来换取对金钱、地位、权势的渴求。正如泰戈尔所说，这是那无涯的欲望之海，成人却把所有的时间和力气都浪费在那些他们永不能得到的东西上。但是儿童呢，却保持着人类最初的快乐之心，清静无为地坐在泥地上，在一根树枝上找到了一整个早晨的快乐。快乐就是所有，树枝背后并没有任何附加值。

---

① ［美］马克·吐温：《汤姆索亚历险记》，成时译，人民文学出版社，1998年，第15页。
② ［印度］泰戈尔：《新月集》，郑振铎译，见《泰戈尔散文诗全集》，北京燕山出版社，2000年，第88页。

目的决定本质，正因为这种童年的"无为"状态，孩子们才不会像成人那样一本正经、装模作样，尽力掩饰本来的样子，他们永远袒露真我，与单纯的快乐形影不离。所以，我们往往也只能在童年找得到那种真正无忧无虑、没心没肺的快乐，快乐在他们那里轻快得似乎失去了沉重的分量，在童年"无为"之道中，快乐终于恢复了自己本来的面貌，这样，快乐才会像鸽群那样轻而易举地飞翔在整个童年世界的天空中。

童趣的率性美还表现在进入游戏世界后儿童身上体现出的可贵的游戏精神，那种热忱、专注、投入的游戏精神既淋漓表达了孩童的率性，也能给经常身心分离、心猿意马、犹疑不决的成人带来震撼。丰子恺先生将儿童的这种精神称为"忘我"的三昧境。

在谈自己的儿童漫画创作时，丰子恺说：

> 他们（孩子们）干无论什么事都认真而专心，把身心全部的力量拿出来干。哭的时候用全力去哭，笑的时候用全力去笑，一切游戏都用全力去干。干一件事的时候，把除这以外的一切别的事统统忘却。一旦拿了笔写字，便把注意力全部集中在纸上（《子恺漫画》八八页）。纸放在桌上的水里也不管，衣袖带翻了墨水瓶也不管，衣裳角拖在火钵里也不管。一旦知道同伴们有了有趣的游戏，冬晨睡在床里的会立刻从被窝钻出，穿了寝衣来参见；正在换衣服的会赤了膊来参加（《子恺漫画》九零页）；正在洗浴的也会立刻离开浴盆，用湿淋淋的赤身去参加。被参加的团体中的人们对于这浪漫的参加者也恬不为怪，因为他们大家把全精神沉浸在游戏的兴味中，大家入了"忘我"的三昧境，更无暇顾到实际生活上的事及世间的习惯了。①

---

① 丰子恺：《谈自己的画》，引自《丰子恺艺术随笔》，上海文艺出版社，1999年，第169—176页。

丰子恺对童年世界的了解是何等深刻，在孩子的游戏里他参透的"忘我"之境，便是孩子们对待游戏认真而专心、竭尽全力，全然不计的精神，这种痴情痴性全心投入的率性，这种彻底地做自己、为快乐的精神在绝大部分成人身上大概早已所剩无几了。

林格伦在《疯丫头马迪根》中写到女孩马迪根过圣诞节的情形。马迪根不敢相信明天就是圣诞节，晚上睡觉的时候，她和妹妹丽莎贝特讨论这件事。

"想想看，如果明天一觉醒来，不是平安夜，而是一个普通的礼拜五，那可怎么办？"

"那我就去跳海。"丽莎贝特说，阿尔娃平时就爱这么说，丽莎贝特也跟着这么说。

确确实实是圣诞节啦！她们在地板上跑来跑去，陶醉在喜庆之中，她们又蹦又跳，唱歌跳舞，小狗萨苏也跟着叫。

吃圣诞餐的时候，她们异常兴奋，很难安静地坐下来。各种蜡烛散发的热使她们的脸颊变得红红的，她们不停地笑呀，疯得就像小牛犊，根本没有吃多少东西。

圣诞节过完了，这时候马迪根突然用手捂住脸，撕心裂肺地哭了起来。

"啊，妈妈，现在圣诞节过完了，想想看，圣诞节已经过完了！"

可是当她躺在床上、身上放着圣诞礼物的时候，她马上又为新的一天的到来而高兴……①

怕第二天不是圣诞节，圣诞节来到的疯劲，圣诞节刚过完为此痛哭，眨眼又为新的一天而高兴，短短一天里林格伦写尽了童年的痴傻。

---

① ［瑞典］林格伦：《疯丫头马迪根》，李之义译，中国少年儿童出版社，2002年，第154页。

这份率真对习以为常的成人大概十分遥远了。成人和世间的习惯与实际的生活很近，但是却离快乐和真我很远了。工作成了生存的手段；责任成了奋斗的理由；交朋结友是编织人情网，为了办事的方便；训练技能是抬高身价，为了获得更好的生存条件……每一件事背后都是功利的目的，真正的真诚和真正的热情销声匿迹，于是在层层罗网羁绊下的成人越活越累，兴味索然地在灰色世界里终日不知为了什么而忙碌。如果成人能够愿意学习哪怕一丁点儿童的那种游戏的投入精神，这个世界将会多多少释放和真诚？

三、创意美

忘记了童年的成人，总是高高举着他们的尺矩，竭力将那些顽童、淘气包和调皮鬼规范成低眉顺眼、安静听话的乖孩子，殊不知这种规范将扼杀儿童的创造力。正是在孩子们的游乐生活中，他们无限广阔地发展着他们的创造力，体现了很强的创意美。

每次游戏都是孩子们的即兴创造，每次行为都是新的，充满了全新体验的喜悦和全新发现的视角。

身为两个孩子的父亲、意大利儿童心理学家皮耶罗·费鲁奇陪伴着儿子们的成长，他细致地记录道：

> 在艾米利奥三岁时，常常跳个不停。这次他至少跳了一百下了。"爸爸，爸爸，你看，这次跳得怎么样？你看啊！"他每跳一下就都问一遍，他很为自己感到骄傲。"这下又是新的喔！"[1]

每一次跳都是新的，每次都不一样，"这一跳有翻跟斗，接下来那一

---

[1]　［意大利］皮耶罗·费鲁奇：《孩子是个哲学家》，陆妮译，海南出版社，2002年，第12页。

跳是舞蹈动作，对他而言这是愉快的创造过程。"

还记录了和儿子一次去公园的出行，很短的距离，却走了两个小时。"我发现这短短的路程对艾米利奥来说充满了惊喜：那不是从一点到另一点的平常都市之旅，而是小小的仙境。"

> 艾米利奥发现了骑脚踏车的乐趣，快乐地踩着踏板，我小跑步跟在他后面。
>
> 先卡在"请勿停车"的牌子前，艾米利奥要知道那个蓝色或红色中间切一条线的圆圈是什么意思，为什么车子不能停，谁要从那扇门出来，我们又为什么可以停，那牌子是谁摆的，万一真的有车停了会怎么样等等。然后是红绿灯。先是一个颜色又换另一个颜色，在更换的时候大喊"现在"，艾米利奥乐此不疲。
>
> 广告看板上一个小孩张着三角形的嘴在吃一颗三角形的糖，他也看得目瞪口呆。人行道上冒出一朵小花，值得好好观察。呈阿拉伯数字"6"的狗狗便便怎能视而不见？
> ……
>
> 还有电话亭。那条缝隙要放什么？电话卡。那就试试看。打几个电话，号码出现又消失，奇怪的声响，中原标准时间，听筒挂回去后电话卡就被吐了出来，假装给妈妈、爷爷、医生打，试试看用松针放入投币孔……[1]

世界于他是个惊奇。一切都是惊奇。他不知道自己是自然创造的最大的艺术品，他把遇见的每件东西都当成自然创造的杰作，他在自然的

---

[1] ［意大利］皮耶罗·贾鲁奇：《孩子是个哲学家》，陆妮译，海南出版社，2002年，第129页。

创造物里迷失。一棵树、一朵花、一棵小草、一块石头、一枚玻璃弹珠或者一只小鸟和一队蚁群；早起的太阳、傍晚的云霞、夜出的星星；一滴雨滴、一阵风声、一丝金色的阳光、几声小老鼠的吱吱声或者小鸡的喳喳声，都是他的金银岛，都是他的新大陆。

他时刻都在探索，在每件平常的事物里有非同寻常的发现。

好奇之心和创造之力的富有使孩子对游戏的条件并不需要太高，他们完全能从眼下任何稀松平常的事中找到兴趣点，一次跳跃也好，一段短短的路程也好。在游戏中，孩子自然成了最大的魔术师。

每个平常的晚上都可能诞生魔术师们的灵感。比如斯蒂文森的童年夜晚——

> 傍晚点灯的时候／父母坐在火炉边／他们在家谈话，唱歌／却一点也不玩游戏／现在，我带着／我的小长枪，爬啊爬／沿着墙边的阴影／跟踪森林的踪迹／绕着沙发的边缘／在没人窥探的晚上／我藏在我的帐篷里／玩故事书里的游戏／直到上床睡觉的时候①

每次解决问题的方法都可能是匪夷所思的手段。比如四年级学生马列耶夫做一道三年级数学题的过程：

> 我实在没有办法，就在本子上画了一棵胡桃树，树下画一个男孩子和一个女孩子，树上画120个胡桃。我一面画胡桃一面使劲想。但是总想到别处去了。最初我想，为什么男孩子采的多一

---

① ［英］斯蒂文森：《故事书里的世界》，引自　［法］艾姿碧塔：《艺术的童年》，林微玲译，安徽教育出版社，2005年，第21页。

倍呢？后来我猜想，一定是因为男孩子爬到树上去采，女孩子在下面采，所以她采的就少了。后来我就开始采胡桃，也就是用橡皮把树上画的胡桃擦掉，又把它们交给男孩子和女孩子，也就是把胡桃画到他们的脑袋上边去。接着我就想，他们是把胡桃装到衣袋里了。男孩子穿着短外衣，我给他在每一边画一个口袋。女孩子穿围裙，我在围裙上画一个口袋。后来我又想，可能是因为女孩子只有一个口袋，所以她采的才少了。于是我就坐着仔细看他们：男孩子两个口袋，女孩子一个口袋，我的脑子里马上一亮。我把他们头上的胡桃都擦掉，给他们画上鼓鼓的口袋，假设那里边装满了胡桃。现在120个胡桃都装在3个口袋里边了，男孩子两个口袋，女孩子一个口袋，总共3个口袋。突然，一个念头像电光一般在我的脑子里闪了一下："120个胡桃应该分成3份！女孩子拿一份，其余两份留给男孩子，他的胡桃就多一倍了。"我很快地用3除了120，得了40。这就是说，一份是40。女孩子有40个胡桃；男孩子有两份，40用2乘，等于80！这和答案完全一样。我差一点没乐得蹦跳起来……[1]

　　每件手里的什物或者周遭的环境都可能变成游戏的工具。丰子恺谈自己的孩子说：我家没有一个好凳，不是断了脚的，就是擦了漆的。它们当凳子给我们坐的时候少，当游戏工具给孩子们用的时候多。在孩子们，这种工具的用处真正广大：请酒时可以当桌子用，搭棚棚时可以当墙壁用，做客人时可以当船用，开火车时可以当车站用。[2]

　　在《小淘气尼古拉》中更是灵感不断：

①　［苏联］尼·诺索夫：《马列耶夫在学校和家里》，孙广英译，少年儿童出版社，1997年，第92—93页。
②　丰子恺：《谈自己的画》，引自《丰子恺艺术随笔》，上海文艺出版社，1999年，第169—176页。

奥得一面跑，一面把邮票舔上口水贴在脑门上。

"大家快看！"奥得大叫，"我是一封信，还是航空的哟。"

不管怎样，下雨时，还是可以玩出很多花样。我们可以把头抬起来，张大嘴巴，把小雨点吞进嘴里；一脚踏进水洼，溅得同学满身脏水；或者走在屋檐底下，让水从衣领流进身体，冰冰凉凉的，真是好玩。①

在《手电》中，尼古拉将手电当成创意策划的法宝，晚上关上灯藏在床底下玩手电，要把客厅的灯关掉为爸爸打手电看报纸，希望吃饭的时候突然停电让自己的手电派上用场。

马克·吐温更是让大顽童汤姆过了一把刷篱笆的瘾，汤姆受罚要刷篱笆，苦恼的汤姆灵机一动，立刻将这项苦役变成了一项艺术活动，他用刷篱笆的活儿吸引许多孩子破了产：要想刷篱笆行，但要用他们的宝贝交换。不久他就从一个穷得叮当响的孩子变成了腰缠万贯的富翁：一个苹果，一只风筝，十二颗弹子，口琴上的一部分，一块可以透光的蓝玻璃瓶碎片，一尊沙管做的大炮，一把什么也开不了的钥匙，一段粉笔，一个圆酒瓶的玻璃塞子，一个洋铁皮做的大兵，两只蝌蚪，六个爆仗，一只独眼的小猫，一个铜制门把手，一只狗项圈——可没有狗——一把刀柄，四块橙子皮，还有一个破旧的窗框。②

小说中列举的这些在成人看来不过是一堆破烂，对汤姆们却是足以让他们变成富翁的财宝。还如上文提到的邮票也好、下雨也好、手电也好，总之，这些再普通不过的自然之物一到孩子手里，就成了多功能的

① ［法］葛西尼、桑贝：《小淘气尼古拉和他的死党们》，高宪如译，外文出版社，1998年，第59页、71页。
② ［美］马科·吐温：《汤姆索亚历险记》，成时译，人民文学出版社，1998年，第24页。

开心果，成了他们的宠物。

《幼儿游戏理论》一书中的结论是："自然界随处可觅得一切，包括石子、树叶、贝壳、木片、果核等等，以及日常生活中的废旧物品，如线轴、塑料小瓶、废纸盒等等，这一切在孩子们的眼中都可以成为他们最心爱的游戏材料。我们可以看到，他们用核桃当棋子下，把线轴当炉子烧，瓶盖成了锅碗，小石头成了汤料，彩色玻璃碎片是宝石……这一切并非是自然界预先想到了儿童的特定活动而特意存在，它既没有命令孩子去把小木棍当体温计，也没有期待他们把荷叶当帽子，线轴只是为缠线而存在，只要它们不与孩子们发生什么瓜葛，那么它们确确实实是一种单纯的自然存在。把叶了漂在水上，把桂圆当做汤圆，那是孩子们的自主活动，是孩子们的内在需要。可见儿童与自然是统一的，正因为有了孩子，自然界的一切才为孩子的游戏而存在。"①

儿童与自然是统一的，因为童年本来就是天然的生命形式，童年的趣味当然充满着天籁之美。游戏中的孩子充满着无穷的创造力，既是源自童年活泼的天性，也是童年快乐飞翔的催化剂。

从童年有若天籁，生机盎然的童趣美中，我们可以看到童年率性、热诚、专注、投入的游戏精神，对抗着成人世界的做作、冷漠、倦怠、敷衍、衰朽的丑陋，充满了生机和创意之美。

---

① 华爱华：《幼儿游戏理论》，上海教育出版社，1998年，第196页。

第
六
章
| 天外来客，
诗意自由的童幻美

孩子们最善于随心所欲地去想象。我们已经忘记如何去想象。①

——凯瑟·纽曼：《〈艾丽丝漫游奇境记〉是怎样写出来的》

瑞典文学院院士阿托尔·隆德克维斯特在1971年授予瑞典儿童文学家林格伦奖章的授奖仪式上说道："……这个世界是属于儿童的，他们是我们当中的天外来客……"②奥地利诗人格奥尔格·特拉克尔（1887—1914）有句美丽的诗："接骨木树丛缀满浆果，童年祥和地屈住在一个蓝色洞穴中。"③"天外来客"式的神奇也好，"蓝色洞穴"式的神秘也好，两者都凸现了童年思维方式童话幻梦般的特点，都根源于儿童特有的想象方式。如果说游戏是童年的主要生活方式，那么，幻想则是童年的主要想象方式。

---

① ［美］凯瑟·纽曼：《〈艾丽丝漫游奇境记〉是怎样写出来的》，引自《鹰隼的目光》，金笺、史志康、陈沛琴译编，上海文化出版社，2000年，第227页。
② 李之义：《林格伦和她创造的儿童世界》，引自［瑞典］林格伦：《小飞人卡尔松》，李之义译，1999年，第7页。
③ ［奥地利］格奥尔格·特拉克尔：《童年》，引自［奥地利］格奥尔格·特拉克尔：《秋天奏鸣曲》，董继平译，敦煌文艺出版社，1998年。

加拿大心理学家奥斯汀顿在论著《儿童的心智》中说："儿童在满1岁半的时候会发生一个戏剧性变化，此时他开始觉得除了现实世界，还有一个假想的世界。所以，他们不再局限于只想到呈现在眼前的世界，他们还可以在心中虚拟种种不存在的、假想中的情境。"①

在后文中，奥斯汀顿举了两个事例。

3岁的凯蒂在妈妈把她从日托所接回家的路上，和妈妈的谈话：

> 妈妈：晚饭我们吃什么呢？
>
> 凯蒂：吃爸爸。
>
> 妈妈：好主意，好啊，我们要用番茄酱。
>
> 凯蒂：我们把妈妈也当晚饭吃。
>
> 妈妈：也用番茄酱？
>
> 凯蒂：是啊。
>
> 妈妈：那妈妈就被吃掉了。如果你把我当晚饭吃，你就没有妈妈了呀。
>
> 凯蒂：妈妈，（看起来不高兴的样子）这是假装的呀。②

一个想象中的朋友可能会成为儿童生活中的一部分，他或她与儿童相伴几个月，甚至几年。这个朋友虽然是不可见，也是不可触摸的，但在家庭生活里他或她也会成为一个"公共存在"。伊丽莎白·纽森曾经访问这样一个妈妈，妈妈说她4岁的孩子有一个想象中的朋友，名叫詹妮，她提到詹妮时说："我们看电视时，如果我的孩子和我们坐得太近，孩子就会说什么我们挤到詹妮了。要我们走开一点。到现在，我们全家都已经很习惯詹妮了。"……另一个妈妈这样说到她的4岁的儿子："我想他大

---

① ［加拿大］奥斯汀顿：《儿童的心智》，孙中欣译，辽海出版社，2000年，第40页。
② ［加拿大］奥斯汀顿：《儿童的心智》，孙中欣译，辽海出版社，2000年，第44页。

概真的能够看见那条狗（她儿子想象中的同伴）。事实上，我也对我丈夫说，我想我也能看到那条狗。"①

儿童的幻想世界并不是奥斯汀顿的惊人发现，从皮亚杰开始以及他之后几乎所有的儿童心理学家都会兴致勃勃地窥探这个儿童心里的秘密，因为这仅仅是一个基本事实。前文说过，个人发展史就是种族发展史，处于童年期的儿童思维还保留着人类原始思维的一些特点，泛灵论就是主要表现，儿童其实是同时生活在幻境和现实中，这种思维会随着社会化过程逐渐消失，只有很小的一部分幸运者能在成年还保存这种想象力的星光。只有儿童能够完全生活在童话般的幻境中，诗意地栖居在这个世界。

我们成人以后很容易忘记我们在人生的原初是怎样思考事物、理解生活的。面对现在的儿童，我们似乎更容易理解孩子们身上神奇的生命力量和晶莹的童心世界，但是我们往往也会更容易扼杀孩子奇思怪想的想象力。究其原因，是因为我们一旦被童年世界隔离，我们的思维就被另外的规则和逻辑框住，我们用巨人国的法律规章去要求还存留在仙境中的小精灵们，我们忘记了，尽管他们的身体天天与我们在一起，他们的思维还留在遥远而美丽的幻想王国，他们是寄居在我们这里的天外来客。我们同时也忘记了我们自己曾经也是展着翅膀飞翔的天使，像温迪渐渐地会忘记自己飞过，彼得·潘只是自己的一个梦一样。但是，彼得·潘真的来过，并不完全是作家们的想象，心理学的研究为我们提供了科学的证据。

只要我们放下举得高高的成人交通地图，走进儿童自己的心灵地图，我们便会在整个童年世界随处欣赏到这群天外来客们的想象之美。想象成为儿童的心灵翅膀，以成人的视角看，儿童因为知识贫乏而被称作蒙

---

① ［加拿大］奥斯汀顿：《儿童的心智》，孙中欣译，辽海出版社，2000年，第51—52页。

昧，儿童因为无法独立而被认为天地狭小，然而，上帝何其公平，在这个贫乏而受限制的时期，儿童却被赋予最丰富的想象力、最强烈的好奇心、最自由的思考方式，上天入地，无所不能，天马行空，无拘无束。鲁迅说："孩子是可以敬服的，他常常想到星月以上的境界，想到地面下的情形，想到花卉的用处，想到昆虫的言语；他想飞上天空，他想潜入蚁穴……"叶圣陶惊异地发现，儿童刚刚跨进世界，一切对于他们都新鲜而奇异，他们必然有种种与成人绝对不同的想象。"我的儿子三岁的时候看见火焰腾跃，不断伸缩，他喊道：'这许多手呀！'他看见学生们体操，回家来在灯下模仿，见到墙上的影子也在那里举手伸足，把影子当成与他自己一样，就起劲地教它。这些真是成人想不到的想象。星儿凝眸，可以做母亲的项饰；月儿微笑，可以做玩耍的圆球；清风歌唱，娱人心魄；好花轻舞，招人做伴；这些都是想象，儿童所乐闻的。世界之广大，人类之渺小，唯有想象得以勇往而无惧怯。儿童在幼年就陶醉于想象的世界，一事一物，都认为有内在的生命，与自己有紧密的关联，这就是一种宇宙观，对他们的将来大有益处。"①

美国作家凯瑟·纽曼也说："要想到兔子洞里去旅行，到任何想象中的王国里去逛一趟，最好的办法是领上一个孩子。孩子们最善于随心所欲地去想象。我们已经忘记如何去想象。"②

在这章中，我们将从儿童感知世界的奇幻美、诗意美，以及在故事世界里的体验美三个方面来阐述童年天外来客，诗意自由的童幻美。

---

① 叶圣陶：《儿童的想象和感情——文艺谈之八》，摘自《叶圣陶散文》（甲集），四川人民出版社，1983年，第2—3页。
② [美]凯瑟·纽曼：《〈艾丽丝漫游奇境记〉是怎样写出来的》，引自《鹰隼的目光》，金笺、史志康、陈沛芹译编，上海文化出版社，2000年，第227页。

一、奇幻美

弗朗兹·海伦斯说过："人的童年提出他整个一生的问题，要找到问题的答案却需要等到成年。"[①]的确，童年里运用最多的词语可能就是"为什么"。苏霍姆林斯基曾将一年级的孩子们提出的问题整理出来，比如为什么清晨的太阳是红色的，而中午像火焰一样？云彩是从哪里来的？为什么蒲公英的花早晨张开，而中午闭上？为什么会有雷和闪电？为什么刮西风就下雨，而刮东风就干旱？为什么向日葵的花随着太阳转——难道它像人一样能看得见吗？[②]……他随手就列举了36个问题之多，并且这些问题中有许多连老师们也无法有满意解答。

芬兰作家扬森说："儿童的世界是一个色彩浓重的世界，安全与灾难总在比肩并行，相互补充。在那个世界里什么都是可能的，也是可以存在的，非理性与最清晰、最逻辑的东西是交融为一体的。那里有梦幻般超现实的东西，日常的真实出现在怪异的环境中。"[③]

无尽的好奇和丰富的想象交织在一起，神秘在真实的世界隐现，童年似乎生活在一个更加立体的世界，相对世界于成人眼中的平凡日常，在儿童的感觉中，世界却如同神秘幻境，闪耀奇特魔幻之光环。

泰戈尔在《回忆录》中说："回忆童年的光阴，最常想到的是那充满在生活与世界中的神秘。梦想不到的事物到处潜伏着，每天最先浮上心头的疑问是：什么时候！啊，什么时候我们能碰到它呢？就像自然把一些东西握在拳头里，微笑着问我们说：'你猜这里面有什么？'我们想

---

① 参见［法］加斯东·巴拉什：《梦想的诗学》，刘自强译，生活·读书·新知三联书店，1996年，第173页。

② ［苏联］B.A.苏霍姆林斯基：《把整个心灵献给孩子》，唐其慈、毕淑芝、赵玮译，天津人民出版社，1981年，第148—150页。

③ ［芬兰］多维·扬森：《说安危》，引自《长满书的大树——安徒生文学奖获得者与儿童的对话》，黑马译，湖北少年儿童出版社，2005年，第138页。

不出有什么东西是她所拿不到的。"地面下藏着什么呢，小泰戈尔相信如果一直挖下去，一定可以找到那个秘密。由地上又想到遥远的苍穹，这更加刺激想象力。刚上学听老师讲孟加拉科学读本第一册时，当老师告诉他们，蓝天不是一个盖子，是吗？老师说，"把梯子一个接上一个，一直往上爬，可是你永远也碰不着头。"泰戈尔却断定老师一定想省梯子，就一直追问下去："可是要是我们接上更多、更多、更多的梯子呢？"当他体会到再加上无数的梯子也是没有结果的时候，简直吓住了，呆呆地想这问题。结果，幼小的他有了结论，这种震惊世界的消息，一定只有世界的老师们才会知道！①

德国作家黑塞回忆童年和伙伴一起去小树林的经历，他们本来想找小鹿，却发现了苔藓的踪迹。小伙伴解释说："这是天使走过森林时留下的足迹，天使的足迹到过哪儿，哪儿的石头上便会立即长出苔藓来。"于是他们把找寻小鹿的事忘记得干干净净，痴痴地期待着，相信也许会有一位天使恰巧来到跟前。"我们呆呆地伫立着，注意观看着。整个森林死一般地寂静，褐色的土地上洒落着明晃晃的、斑斑驳驳的阳光，我们朝树林深处望去，那些挺拔的树干好似一堵堵红色柱子排成的高墙；抬头仰望，在浓密的树冠上方，天空一片湛蓝……我们还回首眺望了半晌，然后就急急忙忙地跑回家去了。"②

儿童有时正是为了逆反生活的单调平常，或者为了对自我力量的渴求，他们也通过瑰奇的想象来满足自我。

长袜子皮皮这样向孩子们神侃来表达孩子们的愿望：孩子们应该到阿根廷去上学，阿根廷在圣诞节假结束以后三天就开始放复活节假，而复活节结束以后三天就放暑假。暑假一直放到十一月一日，十一月十一

---

① ［印度］泰戈尔：《回忆录（附我的童年）》，谢冰心译，人民文学出版社，1988年，第13—15页。
② ［德］赫尔曼·黑塞：《黑塞散文选》，张佩芬译，百花文艺出版社，1997年，第16页。

日圣诞节假又开始了。上学也不做作业。在阿根廷严格禁止做作业。有的时候有一个阿根廷孩子钻到衣柜里去偷偷摸摸地做作业，这时如果他的妈妈看到了，他就要吃苦头了。学校里一点算术也没有，如果有一个孩子能告诉女教师七加五是多少，他就会羞得整天躲在墙角里。他们只有在星期五念书，不过实际上一本书也没有。他们在学校里要做的是吃糖果。附近糖果厂有一根很长的管子直接通到教室里，糖果整天往下掉，女教师就给孩子们剥糖纸。①

《白轮船》中的小男孩通过自己的想象来克服恐惧："我知道，这时候外面是漆黑漆黑、冰冷冰冷的夜。风刮得很凶。连最大的山在这样的夜里也胆小起来，挤成一堆，拼命朝我们的房子、朝窗户里的灯光跟前靠。这叫我又害怕又高兴。我要是一个巨人，我一定要穿上巨人的皮袄，走出房去。我要大声对山说：'山，胆子别那样小！有我在这里。'"②

童年时的黑塞也曾想象过深夜时的冒险，"如今外界的一切大概仍然充满神秘地守候在关闭的窗户之外吧，倘若再能够向外面眺望眺望，那该是多么美丽而又可怕啊！我脑海里又浮现出那些幽暗的树木，那怆泱慌糊的光线，那冷清清的庭园，那些和云朵一起奔驰的山峦，天空中那些苍白的光带，以及在苍茫的远处隐约可见的乡村道路。于是我想象着，有一个贼，也许是一个杀人犯，披着一件巨大的黑斗篷正在那里潜行；或者有一个什么人由于害怕黑夜，由于野兽追逐而神经错乱地在那里东奔西跑。也许有一个和我年龄相仿的孩子在那里迷路了，或者是离家出走，或者是被人拐了，或者干脆就没有父母，而即使他这时非常勇敢，但也仍然会被即将到来的夜的鬼怪杀死，或者被狼群所攫走；也许他只是被森林里的强盗抓去而已，于是他自己也变

① ［瑞典］林格伦：《长袜子皮皮》，李之义译，中国少年儿童出版社，1997年，第37页。
② ［吉尔吉斯斯坦］艾特玛托夫等：《白轮船》，力冈等译，人民文学出版社，1999年，第2页。

成了强盗，他分得了一柄剑，或者是一把双响手枪，一顶大帽子和一双高筒马靴。"①

从这个角度来说，童年的奇幻美其实是儿童心灵力量展开的方式，冒险刺激，同时又安慰满足。

二、诗意美

帕乌斯托夫斯基说："在童年时代和少年时代，世界对我们来说，和成年时代迥然不同。童年时代的太阳要炽热得多，草要茂盛得多，雨要大得多，天空的颜色要深得多，而且觉得每个人都有趣极了。在孩子看来，每一个大人，不论是提溜着一套发出刨屑味的木工工具的木匠，还是知道草为什么会是绿颜色的学者，都有几分神秘。诗意地理解生活，理解我们周围的一切——是我们从童年时代得到的最可贵的礼物。要是一个人在成年之后的漫长的冷静的岁月中，没有丢失这件礼物，那么他就是个诗人或者是个作家。"②

孩子的确天生就是诗人，只要他们的感觉被触动，他们诗意的潜能得到表达的机会，他们就会兴致勃勃地用诗意的笔来画一幅美丽的图景和一个神奇的故事，下面列举的都是来自童年诗人的创作，他们那种天赋般的感受能力让人吃惊：

1. 荞麦开始开花啦。田野好像铺上了一条白色的地毯。不过这条地毯是活的，而且散发出这么好的香味。每一朵小花上都落着蜜蜂。地毯在嗡嗡响——这是蜜蜂在嗡嗡叫。一只毛茸茸的大野蜂落到了花上。麦秆颤抖起来，弯了下去。野蜂没扒住，滑了下来，气呼呼地嗡嗡叫起来。（瓦里娅，一年级）

---

① ［德］赫尔曼·黑塞：《黑塞散文选》，张佩芬译，百花文艺出版社，1997年，第10页。
② ［俄］康·帕乌斯托夫斯基：《金玫瑰》，戴骢译，上海译文出版社，2004年，第20页。

2. 啊，当苹果树开花的时候，果园里多美呀。白色的小花迎着阳光张开了花瓣。微风拂动小花，花就叮叮当当响。就像银铃一般。整个果园都在叮当响，朝着太阳微笑。而当风停了的时候，就听到蜜蜂嗡嗡叫。它们在树梢上飞来飞去。寻找着声音最响亮的小铃。果园还像一千根琴弦似的在弹唱。一只小蜜蜂落到花铃上，伸伸腿，抖抖翅膀。花铃上空像一小片云彩似的扬起了金色的花粉。（帕夫洛，一年级）

3. 天空星星在闪光。从峡谷中走出了温柔的朦胧爷爷。老态龙钟，头发蓬松，拄着拐杖。他走进村子。跨进屋子。他把孩子抱在柔软温暖的手里。于是孩子就想睡了。他们做上了好梦。（萨尼娅，一年级）

4. 太阳唤醒了森林。融化了松树顶上的雪。融化了的雪水滴到雪地上。穿透了雪堆和枯叶。就在雪水滴落的地方，露出一根绿梗。而在绿梗上开出一朵蓝色的铃铛花。它望着雪地，感到惊讶："我是不是醒得太早啦？""不，不早，是时候啦，是时候啦。"小鸟一齐唱了起来。于是春天来了。（卡佳，一年级）[1]

5. 我问妈妈："玻璃窗上的冰窗花是哪儿来的？"妈妈说："冬老人的小孙子画的。他一到夜里就跟爷爷一起到各家去把玻璃窗画满花纹……"我想看看，他是怎么干这件事的。我躺下睡觉，但没有阖上眼。大家都入睡了。窗外的树轧轧作响。一个小男孩走近了窗户。他用一支银色的笔在玻璃窗上画来画去，一边悄声唱着歌。我看到他画了一朵美极了的花。很宽很宽的叶子和小小的花瓣。清晨，太阳开始在窗上闪耀，这朵花——

---

[1] ［苏联］B.A.苏霍姆林斯基：《把整个心灵献给孩子》，唐其慈、毕淑芝、赵玮译，天津人民出版社，1981年，第251—254页。

栩栩如生。我不知道，是我做了一个梦呢，还是我真的见到了。（塔尼娅，四年级）①

6. 我用黏土做了一根管子，我把它放进烤箱里烤。妈妈发现了我的黏土管子，把它扔到了窗户外面。当我出去取它的时候，它已经坏了。我觉得特别难过，就去找麦克尔·拉菲尔聊这件事。它是长在谷仓后面的那棵最高的冷杉树。我迅速地溜进谷仓，爬上了谷仓屋顶最矮的地方。我又朝上面走了一段，在那儿看着世界很长时间。一个人竟能在一个谷仓的屋顶看到如此美好而宽阔的世界……我做了一个小小的祈祷，我总是在从谷仓跳进麦克尔·拉菲尔的臂膀之前做一个小小的祈祷，因为那实在是一个长距离的跳跃，如果我没能正好跳进它的手臂里，我的腿或者脖子就会坏掉……因此我总是做一个小祈祷，用最小心的办法做那个跳跃。今天，我跳了，而且非常准确地正好着陆在那棵冷杉树上。当一个人遇到麻烦的时候，依偎在麦克尔·拉菲尔身上实在是太舒服了。它是那么大的一棵树，它还有善于理解的灵魂。我和它说了一会儿话，又听了一会儿它的声音之后，从它的手臂里滑下来，不小心滑到了谷仓的牲畜栏里。我从一条错误的枝干上滑进了一条不对的路。我落进了猪圈，落在了母猪阿芙罗狄蒂头上。她发出一声奇怪的哼哼，和她觉得舒服的时候发出的哼哼一点也不一样。

我觉得我应该做点什么来讨好她，因为我直接从麦克尔·拉菲尔手臂上滑进了她的家，而没有事先跟她礼貌地打招呼。我想到了一个讨好她的好办法——我打算把猪圈栅栏

① ［苏联］B.A.苏霍姆林斯基：《把整个心灵献给孩子》，唐其慈、毕淑芝、赵玮译，天津人民出版社，1981年，第258—259页。

上不牢固的地方推倒，这样就能带她出去散个步……（奥帕尔，7岁）①

四季轮回、阳光冰花、森林星星、群蜂花粉，一切都是童话般的仙境。奥帕尔的世界更是物我不分，树木母猪都是她的朋友，它们都有善于理解的灵魂。一个人能在屋顶上看到美好而宽阔的世界，童年诗意理解生活的能力怎不让忘记想象的我们称羡不已呢。

三、体验美

童年把握世界的方式，除了游戏和观察等直接的途径，还有一个很重要的间接途径，那就是童话故事。由于儿童想象力的丰富和求知欲的旺盛，他们完全能够将自己投入到故事的情境体验中，与儿童"忘我"的游戏精神一样，儿童的故事体验精神也是全神贯注、聚精会神，常常混淆自我和故事角色的区别，引起强烈的情感共鸣。凯斯特纳说，孩子们是用心灵去领会文字的。辛格也曾说，儿童是真正文学最好的读者。想象伴随着情节体验步步深入，童年的世界也步步扩大。

狄更斯清晰地记得自己童年的经验，"现在想起来还觉得奇怪，当我有了些不顺心的事的时候，我怎么会用那种办法来安慰自己的：我把自己当做我所喜爱的书中人物……想象自己是托姆·琼斯，当了一个星期。我还当真一连几个月把自己想成是罗德里克·兰登。……我还记得有时我手里拿着两根旧鞋楦中央的木棍当作武器，在屋子里我的小天地中巡逻，俨然是大英皇家海军的某舰长。吃人生番把我重重围困，我身临绝境，决心以一当百，壮烈牺牲……"②

---

① ［美］奥帕尔·怀特利：《我们周围的仙境》，张宏译，中国戏剧出版社，2005年，第5—6页。
② ［美］埃德加·约翰逊：《狄更斯——他的悲剧与胜利》，林筠因、石幼珊译，天津人民出版社，1992年，第22—23页。

英国作家安格斯·威尔逊说："为什么回忆童年只觉得那时的天气都不寻常？我不知道。但是，在我的记忆里，第一次结识阿拉丁、小红帽、灰姑娘和辛伯达等男女主人公时，我总觉得是躺在绿草地上看书，天空总是碧净无云，阳光总是那么温暖；即使不是这样美好，我也是坐在火光熊熊的壁炉前看书，屋外呼啸的狂风只能给我着了迷的故事添点趣味。……孤独地身处在一个令我迷惘的成人世界中，我觉得童话中那些男女主人公的冒险行为正是我自己生活的写照。我生活中的那些奇怪的、迷人的、勇敢的叔叔阿姨等大人们，一时间都成了怪诞故事中的妖婆、仙女、魔鬼或会说话的动物。"①

法国作家又姿碧塔回忆道："很幸运，在一条打过蜡的走廊尽头，一个阴暗的角落里，有一个书柜。于是，我读到了多面的人生。就这样我生活在柳树下造船，海盗船上的小船员、富家孤女……（我对书中那些历练丰富的孤女们特别羡慕。我觉得似乎只有我永远都不会发生什么事。）于是，我利用自己对印第安人的认识，偷偷地从有利的角度改变了自己的身份和家谱：我是一个波兰间谍和大湖区一名原住民女子最钟爱的小孩。"②

儿童注定是故事传统的继承人。从低幼状态作为听故事的人，到后来进入阅读世界作为读故事的人，童话故事的确为童年开了一扇充满诱惑的窗，通过这扇窗口，童年跳进了另一个瑰奇的世界，在这个世界里，他们自在洒脱，随心所欲地扮演心灵的角色。同时，最初的信念也在他们的心灵播种。国外一位著名的学者说："我人生最初和最后的哲学，我不可动摇的信仰，便是我在托儿所里就开始学的……那就是我当时最相

① ［英］安格斯·威尔逊：《致父母》，引自《长满书的大树——安徒生文学奖获得者与儿童的对话》，黑马译，湖北少年儿童出版社，2005年，第30页。
② ［法］艾姿碧塔：《艺术的童年》，林徽玲译，安徽教育出版社，2005年，第19页。

信，现在最相信，将来永远最相信的童话故事。"①苏霍姆林斯基也认为，"我千百次地证实，儿童在给周围世界增添各种幻想形象、虚构这些形象的时候不仅能发现美，而且还能发现真理。没有童话、没有活跃的想象，孩子就无法生活，没有童话，周围世界对于他就会变成虽说是美的但却是画在画布上的画了；童话却能赋予这幅画以生命。"②从心灵本质上，这个世界就是自己想要拥有的世界，它甚至比现实的世界还要真实。童话故事甚至影响了一个人一生中最基本的信念。这就是故事想象力给"真正文学的最好读者"——儿童最好的馈赠。

鲁迅在《苦闷的象征》引言中有一个重要的美学见解："非有天马行空似的大精神即无大艺术的产生。"帕乌斯托夫斯基也说过："想象乃是艺术生命力的发端，而用拉丁语热情洋溢的诗人们的说法，是艺术'永恒的太阳和上帝'。"③两者都是从艺术角度来肯定想象的重要作用。

从科学研究上，以想象为主的右脑功能也日益为人们所认识。《儿童创造力发展心理》一书中谈道："由于左半球在言语和逻辑功能上的'优势'，人们传统地认定了左半球的统治地位。但随着人们对自身大脑认识的深化，右半球的重要功能与作用得到了确定。梦与右脑有密切关系。音乐和情感功能主要依赖于右脑。右脑的想象功能不但在文学艺术创作中，而且在科学研究、技术发明中，也都起着巨大的作用。充分发挥右脑的想象、知觉和灵感等非逻辑思维功能。"④

这些都在提醒对童年想象力引颈而望的成年人需要懂得欣赏这群天外来客们诗意自由的童幻美。儿童天生有将平凡化为不平凡的能力，童年时期的人真是天生的诗人。然而成人却容易忘记，或者忽视、漠视童

① ［美］威廉·汉斯：《如何让孩子了解性》，张志刚译，选自《青苹果》2000年第5期。
② ［苏联］B.A.苏霍姆林斯基：《把整个心灵献给孩子》，唐其慈等译，天津人民出版社，1986年，第33页。
③ ［俄］康·帕乌斯托夫斯基：《金玫瑰》，戴骢译，上海译文出版社，2004年，第147页。
④ 董奇：《儿童创造力发展心理》，浙江教育出版社，1998年。

年的这份天赋，美国作家苏斯博士的绘本《我看见了什么》非常典型地反映了成人与儿童想象力之间的距离。

> 我每一天去上学，爸爸总要对我说："你把眼睛张张大，看能看到些什么。"
>
> 那天我一路回家，在桑树街上，我所看到的只有一匹马拉车。
>
> 一匹马拉破车子有什么好说的呢，应该说拉车的是一匹斑马。
>
> 拉一辆破车有什么意思呢，应该拉一辆金光闪闪的战车，像打雷一样轰隆隆滚过桑树街。
>
> 不好了不好，拉战车斑马太小，改成驯鹿才好，跑起来又好看又飞快。
>
> 等一下，驯鹿要拉雪橇才过瘾，改拉一辆漂亮的雪橇驯鹿才笑呵呵。
>
> 把驯鹿改成大象才离奇，一头蓝色的大象，上面坐着尊贵的王公。
>
> 等一下……①

孩子就这样将街上看到的一件极平常的事想象成一场雄伟壮观、神奇瑰丽的大狂欢，单调的画面变得越来越色彩绚烂，离奇的人物和事件越来越多地填充在空间中，孩子也越来越为自己的故事得意。但是，回到家后，面对恶狠狠质问的父亲，孩子什么也说不出来，他的脸红得像胡萝卜，沮丧地回答："桑树街上就只有一匹普普通通的马拉着一辆普普通通的车。"这位可怜的父亲无法和读者一样共享孩子诗意自由的想象之美。罗素说："泯灭儿童期的幻想就等于把现存的一切变成束缚，使儿童

---

① ［美］苏斯博士：《我看见了什么》，任溶溶译，上海译文出版社，2002年。

成为拴在地上的生物，因此就不能创造天堂。""如果在孩提时代的想象力通过适合各个年龄的刺激保持得很活跃，那么当它以适合成人的方式发挥作用时，则以后的想象力会更为活跃。"①

忘记了童年世界的成人实在有必要学习儿童化平常为神奇，化狭隘为广阔，化束缚为自由的方法，看到童年幻想中想象的瑰奇、诗意、广阔、自由，驱除狭隘、陈旧、平庸、乏味，欣赏这天外来客诗意自由的童幻美，重新让世界充满神秘、诗意和遐想。

---

① 刘晓东：《儿童精神哲学》，南京师范大学出版社，2003年，第263页、265页。

第
七
章

天然水晶，
纯真晶莹的童心美

> 人是有童心的，就像种子有胚芽一样。没有胚芽，种子是
> 不能生长的。[①]
>
> ——艾特玛托夫：《白轮船》

童年期的人是天然形式的人，在儿童心灵的特点上表现充分。童年的心灵，纯真无邪、清澈单纯，正如那高纯度的天然水晶，显露的是人本性的美，是还没有沾染尘埃的清洁，是自然赋予人本初时的完美。无数人说过，孩童的动作，是清洁、是正直，都显明他的本性；而成人之心，即便也有少数单纯美好如同水晶者，那却是经过社会雕琢后的水晶，其完整天然性无法与天然童真媲美。

童心中蕴含的那些本性之美也是人性中最质朴、最重要而且是最永恒的美和善。黑柳彻子认为，"我相信越是小孩子，就越是拥有人类最珍贵、最必要的东西。而且，我也知道，随着孩子们慢慢长大，那些东西才渐渐地失落了。"[②]人类一旦告别童年，步入莫测的世界后，正因为童

---

① ［吉尔吉斯斯坦］艾特玛托夫等：《白轮船》，力冈等译，人民文学出版社，1999年，第134页。
② ［日］黑柳彻子：《小时候就在想的事》，赵玉皎译，南海出版公司，2004年，第12页。

心的完美无瑕，这份童心的保存就尤其不易。因而，童心之境是成人尤其是艺术家们的终生梦想。

这里似乎含着人类心灵追求的某种模式，天然完整→破碎→臻于完整。正是因为人类一开始就拥有了天然的完美范式，在面对世俗的侵袭和世界的磨砺时，不管历经怎样的破碎和改变，本初时的单纯美好犹如信仰的基石，提醒和鼓励人类不妥协不放弃，渴望日渐恢复到最初的天然之境里去。第一步是人生的起点，第三步是人生的终点，第一步却是第三步的目标和归宿，人生好像在兜一个圈子，企图尽量回到原点，这种圆圈式的心灵轨迹图似乎充满了悲壮感和宿命感。然而在结果上来看，愈是能恢复到本初面目的人，却越是显出荣耀。在这个层面上，童心总是和宗教和艺术关联一起。

冰心在一首短诗中为我们勾画出了童心在世界中的位置。1922年4月17日冰心写道：

　　　三个很小的孩子，
　　　　一排儿坐在树边的沟沿上，彼此含笑地看着——等着。一个拍着手唱起来，那两个也连忙拍手唱了；又停止了——
　　　　依旧彼此含笑地看着——等着。在满街尘土行人如织里，
　　　他们已创造了自己的天真的世界！
　　　只是三个平凡的孩子罢了，却赢得我三番回顾。[1]

孩子们看来的确平凡，在纷繁嘈杂充满尘嚣的成人世界里，他们并没有占有多大的地方，他们只是随便在哪个树边的沟沿上坐下；他们也没有采用多好的设施，他们就是拍着手旁若无人地歌唱。然而，他们在

---

[1]　冰心：《回顾》，见冰心：《冰心文集》(2)，上海文艺出版社，1984年，第215页。

这个灰色忙碌的世界里创造了童心的世界，这个世界充满了喜乐、天真、超然、洒脱，这些幸福并非成人触手能及的，哪一点都可能需要成人花一生的精力去追求。

这首诗的名字叫《回顾》，回顾，而且是"三番回顾"，正是我们看待童心应取的姿势。回顾这个天然水晶般的世界，这个世界纯洁，没有虚伪；天真，没有诡诈；清洁，没有污秽；诚实，没有欺瞒；单纯，没有世俗；简单，没有机心；善良，没有险恶；同情，没有凶残；信任，没有猜忌；公平，没有成见。总之，童心的世界是幸福，仁爱，而和平的世界。

下面我们结合具体的事例从折射人类本性之美的角度来回顾童年天然水晶、纯真清澈的童心美，我们分别从纯真美、善良美和童心之境三个方面阐述。

一、纯真美

童年的心灵纯真美好，他们清澈的眼眸信任地看待着这个世界，世界对他们是一尘不染的晴空，他们抱着美好的梦想对待一切。

鲁迅曾在《社戏》中回忆童年往事，偷罗汉豆那段给人印象深刻，童心的晶莹美好清晰可见。

> 离平桥村还有一里模样，船行却慢了，摇船的都说很疲乏，因为太用力，而且许久没有东西吃。这回想出来的是桂生，说是罗汉豆正旺相，柴火又现成，我们可以偷一点来煮吃。大家都赞成，立刻近岸停了船；岸上的田里，乌油油的都是结实的罗汉豆。
>
> "阿阿，阿发，这边是你家的，这边是老六一家的，我们偷哪一边的呢？"双喜先跳下去了，在岸上说。
>
> 我们也都跳上岸。阿发一面跳，一面说道，"且慢，让我来看

一看吧。"他于是往来地摸了一回，直起身来说道，"偷我们的吧，我们的大得多呢。"一声答应，大家便散开在阿发家的豆田里，各摘了一大捧，抛入船舱中。双喜以为再多偷，倘给阿发的娘知道是要哭骂的，于是各人便到六一公公的田里又各偷了一大捧。[①]

阿发居然要大家偷自家的，双喜呢，想阿发的娘知道要哭骂，大家便又去六一公公的田里各偷一捧。这个细节似乎极其平常，却是童心美好的自然流露，阿发还没长大到自私狭隘，连双喜的周到，也是善意，也是公平。

艾特玛托夫在他的名篇《白轮船》中表达他对童心的信念："人是有童心的，就像种子有胚芽一样。没有胚芽，种子是不能生长的。不管世界上有什么在等待着我们，只要有人出生和死亡，真理就永远存在……"[②]

在这篇小说中，小男孩心中的长角鹿妈妈是他内心所有美好的象征。为了反抗现实的丑恶，他最后选择变成一条鱼，离开了沾满血腥的世界，游向了美好的地方。

童年的纯真素而极其脆弱，却又充满了力量，美好总是在与丑恶不息地做着争战。

在英国著名童话《北风的背后》中，小男孩小钻石是一个再纯真不过的孩子。"小钻石大受马车房周围大家的喜欢。有人会想，这不是世界上让他成长的最好地方，这话也一准错不了，可他就住在这里。首先，他听到大量粗话，不过他不喜欢它们，因此它们对他没有什么大害。他一点不明白这些粗话是什么意思，可是说出这种粗话来，声音腔调就不对头，让小钻石觉得丑恶。因此它们沾也沾不上他，更不要说入他的心

---

① 鲁迅：《社戏》，见鲁迅：《鲁迅散文选集》，百花文艺出版社，1991年，第74页。
② ［吉尔吉斯坦］艾特玛托夫等：《白轮船》，力冈等译，人民文学出版社，1999年，第134页。

了。他从不理会它们，他的脸在它们之间纯洁光亮，有如一朵樱草花在雹暴当中。起初由于他从不跟着大家说粗话和低级笑话，他们说他不正常，也就是半个白痴，可他比他们能看到的更有道理得多。过了不久，只要小钻石在附近，那些粗话也不好意思从人们的嘴里出来了。"①

美国作家门得特·德琼也通过一篇小说表达了童年天真梦想变为现实的信念。在《学校屋顶上的轮子》中，琳娜渴望鹤留在家乡每个屋顶上，对此，这个小小的女孩充满梦想。

琳娜的眼里充满梦想。她正看见在肖拉的每个屋顶上都有鹤。老奶奶安静地让琳娜走下台阶，回她自己的家。琳娜的眼里充满梦想，无论说什么她都听不见。②在她心里，鹤是吉祥、默契、友善的象征，六个小学生希望鹤在肖拉上空飞翔，重现一个有生命的肖拉。于是，他们怀着天真单纯开始了实现梦想之途。首先得寻找一只能让鹤在屋顶做窝的车轮，这个寻找之途像一条让童心的美好与世界接通的道路，原来寻找车轮就是寻找友爱、收获真诚、发现美好的过程。茜伯三奶奶、无腿的杰那斯、农夫、老多瓦，那么多成人都加入了这场行动。尤其是那位杰那斯，因为失去双腿的不幸变得性情古怪，一度被大家妖魔化，自私残忍可怕，让许多人胆战心惊。可是孩子的纯真诚实感动了他，铁石心肠也柔软了，杰那斯成了孩子们的好朋友，他的生命也度过寒冬，迎来了阳光。孩子们单纯的梦想化解了成人心中的壁垒和成见，最后肖拉的历史改写了，象征美好和生命的鹤终于选择了肖拉，童心的梦想和执着使不可能成为现实。

俄国诗人蒲宁写过一首叫《夏夜》的诗，诗中写道：

"给我一颗星星" / 孩子缠着妈妈 / 他已经睡眼蒙眬 / "好

---

① ［英］乔治·麦克唐纳：《北风的背后》，任溶溶译，春风文艺出版社，2004年，第158页。
② ［美］门得特·德琼：《学校屋顶上的轮子》，杨恒达、李嵘译，河北少年儿童出版社，2002年，第18页。

妈妈，给我一颗星星……" / 她坐在阳台 / 那通向花园的台阶 / 上 / 孩子正偎在她的怀中 / 这花园 / 这草原上荒凉沉寂的花园 / 在夏夜的昏暗里 / 显得更加灰黯 / 看上去 / 仿佛与伸向谷地的 / 土坡融成一片 / 此刻 / 在东方的天际 / 一颗孤独的星 / 红光璀璨。

"妈妈，给我……" / 她面带温存的微笑 / 望着儿子消瘦的 / 小脸 / "你要什么? 亲爱的!""我要那颗星星……""要它有什 / 么用?""玩一玩……"

花园里 / 树叶在窃窃私语 / 草原上 / 土拨鼠嘶啸着 / 呼唤 / 着同群 / 孩子在母亲的怀中 / 已进入梦境 / 她发出一声 / 轻微 / 而幸福的叹息 / 抬起忧伤的眼睛 / 凝望着那颗遥远的 / 宁静的 / 星星……

人类的心灵啊 / 你多么美好! / 那无际的苍穹 / 宁静的夜 / 空 / 星光的闪烁 / 有时 / 多么像你这颗心灵——美好、晶莹。[①]

诗中那个想要星星的孩子，天真单纯，正如诗人所说，人类的心灵，在这里是指儿童的心灵，像星星般晶莹美好。智利诗人米斯特拉尔，1945年诺贝尔文学奖获得者，也天真地对着星星承诺：

星星的小眼睛，
我向你们保证：
你们瞅着我，
我永远、永远纯真。[②]

① ［俄］蒲宁：《夏夜》，王庚年译，引自《打着星星的灯笼——诺贝尔文学奖获得者与儿童的心灵对话》，牛津书虫工作坊编选，湖北少年儿童出版社，2005年，第32—33页。
② ［智利］米斯特拉尔：《对星星的诺言》，王永年译，引自《打着星星的灯笼——诺贝尔文学奖获得者与儿童的心灵对话》，牛津书虫工作坊编选，湖北少年儿童出版社，2005年，第38—39页。

保持纯真，就是保持人本性中的单纯之美。相信、真诚、纯洁、简单、对美好的信念，是童年给成人世界的清新剂。

二、善良美

真和善总是紧紧相连。一些哲学家的观点是，"最高的美是人格的美，人格的美即是人格的善。"[①]

美国著名儿童文学家鲍姆的童话《绿野仙踪》1939年由美国米高梅公司改编拍摄成电影，这部电影多年以来广受欢迎，电影公司为我们提供的答案是："与人为善的人生观是永远不会过时的，时间在它面前也无能为力。"[②]

对于童年，儿童的善良之心向世界敞开，对小动物、对周围的物件，还有人本身，他们毫不吝惜丰富的同情，他们有着真正众生平等的观念。

俄国作家屠格涅夫的《小鹌鹑》记载了他10岁时和父亲打猎的一次经历。父亲是猎鸟专家，每次打猎满载而归，"我"都羡慕得很，希望自己也能出去打猎。就在10岁生日这天，"我"的愿望终于实现了，"我"随父亲带着猎狗"宝贝"去打猎。这天发生的事情却出人意料，最想当猎人的"我"却再也不愿当猎人了。原来一个鹌鹑妈妈为了保护附近的孩子，假装受伤，把猎狗引开，自己却被猎狗咬伤。"我"求爸爸救鹌鹑妈妈，鹌鹑死后，"我"放声大哭。

> "傻孩子，你哭什么？"爸爸笑着问我，不明白我到底是怎么一回事。
>
> "我觉得鹌鹑妈妈好可怜，它为了救自己的孩子，却被咬死了。"

---

① 唐君毅：《人生之体验》，广西师范大学出版社，2005年，第126页。
② 刘荣跃：《莱曼·弗兰克·鲍姆和他的著名童话》，见［美］鲍姆：《鹅妈妈的故事》，广西师范大学出版社，2003年，184页。

"谁要它那么狡猾，结果却栽在宝贝的手里。"

哼！我讨厌宝贝，更生爸爸的气，他一点儿同情心也没有。

……

我用双手捧着鹌鹑妈妈，亲了亲它紧闭的双眼，把它轻轻放进洞穴里，然后将土一把一把地撒在它的身上，直到它整个身体都被泥土覆盖住。接下去，我折了两个树枝，用小刀削掉树皮，做成一个十字架插在坟墓上。

……

我把它埋在小鹌鹑的旁边，让它回到自己的家，陪它自己的小孩。

……

从那天开始，我变得不喜欢打猎了。①

由一己的感受推及其他生命，在儿童的身上表现出深切的同情之心，丰子恺则发现童心同情的范围扩展到一切物体。

有一个儿童，他走进我的房间里，便给我整理东西。他看见我的表面合覆在桌子上，给我翻转来。看见我的茶杯放在茶壶的环子后面，给我移到环子前面来。看见我床底下的鞋子一顺一倒，给我掉转来。看见我壁上的立幅的绳子拖出在前面，搬了凳子，给我藏到后面去。我谢他：

"哥儿，你这样勤勉地给我收拾！"

他回答我说：

"不是，因为我看了那种样子，心情很不安适。"是的，他

---

① ［俄］屠格涅夫：《小鹌鹑》，温小平译，河北教育出版社，2002年。

曾说："表面合覆在桌子上，看它何等气闷！""茶杯躲在它母亲
的背后，教它怎样吃奶奶？""鞋子一顺一倒，教它们怎样谈
话？""立幅的辫子拖在前面，像一个鸦片鬼。"我实在佩服这哥
儿的同情心的丰富。[①]

英国作家曼斯菲尔德的《娃娃屋》却着意从成人偏见和等级观念方
面发现童心的善良。伯纳家的孩子们有了一个漂亮的娃娃屋，里面的东
西真是精致极了，凯西最喜欢的是里面的一盏小灯。班上几乎所有的同
学都被邀请去看娃娃屋了，除了凯菲家的姐妹俩。因为她们是洗衣妇和
囚犯的孩子，父母们都不允许自己的孩子和凯菲家的姐妹俩说话，甚至
连老师，平时对其他孩子和善地微笑，才转过身，便换成另一种特别的
声音和表情来对待她们。凯西最终下定了决心，邀请凯菲姐妹看娃娃屋。

"假如你们愿意，你们可以来看娃娃屋。"凯西一边说，一
边用脚尖点着地面。

莉儿的脸涨得通红，赶快摇摇头。

"为什么不看呢？"凯西问。

莉儿屏住气息好似喘不过一口气来，然后才说："你的妈妈
告诉我妈妈，不准你跟我们说话的。"

"噢！这个嘛！"凯西不知如何回答。

"哎呀，不管啦，你们一样可以来看我们的娃娃屋呀。来
嘛，现在没有人。"

凯西向凯菲姐妹俩发出了美丽的邀请，尽管这次观看才刚刚开始就

---

① 丰子恺：《丰子恺艺术随笔》，上海文艺出版社，1999年，第18—19页。

被大人发现，姐妹俩像被吓老鼠一样被赶走，但是童心在戒备森严的缝隙里还是长出了善良、同情和平等的小苗。结尾处是对成人世界冷酷的嘲讽，是童心结盟后的安慰：

> 艾尔斯以肘轻触她的姐姐，她已经忘了那些不愉快，她拿手指轻轻地抚摸着帽子上的缎带，很难得地笑了起来。
>
> "我看到那盏小灯了。"她轻柔地说。
>
> 两人静静坐着，不再出声。①

正因为儿童天性的善良和广泛的同情，他们怀着美好的愿望，他们有憧憬和平的特权，因此儿童的名字总是和和平在一起。

一个小女孩的梦想是，"如果我来统治世界，我要把战争变成节日，把带刺的铁丝变成长满玫瑰的栅栏，让黑暗变成光明，让仇恨变成爱。"

孩子们向世界上的成人宣称："世界上的成年人和我们一起，你们丢掉的只是恐惧和悲伤。抓住我们的欢笑和想象，我们在一起，和平就是可能的。"②

童年的善良美既需要我们理解、学习，还需要我们悉心保护。成人世界里实在有太多心肠刚硬的猎人，有太多维持等级的家长，也有太多长大的心灵容易变得坚硬，容易在心灵之间造起壁垒，容易画过多的分界线，甚至容易自相残杀、制造黑暗。华兹华斯说，儿童是成人之父。的确，成人是多么需要向精神营养丰富的孩子们学习啊。如果我们懂得回顾，眼及童年的善良美之处，心肠刚硬的成人多少应该心灵柔软一些吧。

---

① [英]曼斯菲尔德：《娃娃屋》，李昂译，河北教育出版社，2002年。
② 《儿童和平条约》，选自《读者》1987年第5期，转选自《成长的岁月》(2)，商务印书馆，2003年，第251页。

三、童心之境

童心之境是纯真晶莹、清澈无染的人性本初的状态，这种境界是精神追求的至境，千百年来为精神朝拜者们的圣地。我们往往称呼一个真正返老还童的老人为老顽童，这并不是指他的身体状况，而是指他的精神境界重新回到童年，重获童心，重现天真烂漫。从古至今，古圣今贤对童心之境的求索，已经形成具有强大生命力的传统，在宗教和艺术上表现尤为明显。

以王尔德的名篇《自私的巨人》为例，这篇童话完整阐释了《圣经·新约·马太福音》第十八章第三节和第五节的教义——耶稣说："我实在告诉你们：你们若不回转，变成小孩子的样式，断不得进天国。……凡为我的名接待一个像这小孩子的，就是接待我。"

《自私的巨人》篇幅很短，却很有深意。王尔德给儿子讲这个故事时情不自禁痛哭，可见用情之深。巨人有一个美丽的花园，但是他很自私，不允许孩子们进来玩耍，拒绝童心，就是拒绝春天和美好，因此春天到了，小花和小鸟遍布了村庄的每个角落，只有自私的巨人的花园仍处于寒冬之中。由于没有孩子们的陪伴，小鸟不愿歌唱，花朵忘记盛开，甚至夏天、秋天都不愿意来到，于是巨人的花园被冬天和风雪统治。不愿亲近童心的巨人，就是不愿亲近生命的人。但是有一天，苦恼的巨人看到了动人的一幕："孩子们已从墙上一只小洞里爬进花园，正坐在树枝上。每棵树上都坐着一个孩子。又见到孩子的树木兴奋异常，一边用怒放的鲜花装扮自己，一边用枝条轻柔地抚摸着孩子们的头。鸟儿欣喜地跳舞，花朵从草丛里探出头来微笑。"孩子们回来了，生命和春天也回来了。巨人这时看到还有一个孩子因爬不上树而哭，他的心灵柔软了，抱起这个孩子放在树上。从此，巨人的花园重获生机，巨人也越来越喜欢和孩子们在一起，他获得了真正的快乐和充实。最后，那个他曾抱上树的孩子亲自接巨人去了天国的花园，因为那个孩子就是基督。

心灵不能柔软如同孩子的，不会善待童心的，无法转变为孩子样式的，无法重获童心的，都无法进入天国。这是这个故事给人的启迪。

佛教也有"明心见性"的说法，即去除贪执伪饰，显现自家的"本来面目"，恢复人的本原本性。

倡导"梵"学的诗哲泰戈尔在《飞鸟集》中说，上帝等待着人在智慧中重新获得童年。[1]

熟悉佛教哲学的艺术大师丰子恺说得更彻底，"儿童的本质是艺术的。换言之，即人类本来是艺术的，本来是富于同情的。只因长大起来受了世智的压迫，把这点心灵阻碍或消磨了。惟其聪明的人，能不屈不挠。外部即使压迫，而内部仍然保藏着这点可贵的心。这种人就是艺术家。"[2]

宗教研究学者埃利·维瑟尔认为："任何宗教都很强调童年：耶稣的童年，摩西的童年，还有佛陀的童年。莫非每个宗教创始人都是在童年获得灵启的？""所有宗教都在呼唤纯洁无邪，因此必然会求助童年。"[3]

我国自古就有崇尚童心的传统，在艺术追求方面尤为明显。

早在春秋时期，孟子就提倡："大人者，不失其赤子之心也。"[4]这句话可以从两个角度解释，首先可以理解为："所谓统治者，是那没有失去爱百姓如同爱婴儿一般之心的人。"也可以理解为："所谓有修养的君子，

① ［印度］泰戈尔：《飞鸟集》，见［印度］泰戈尔：《泰戈尔散文诗全集》，郑振铎等译，北京燕山出版社，2000年，第183页。
② 丰子恺：《丰子恺艺术随笔》，上海文艺出版社，1999年，第21页。
③ 刘晓东：《儿童精神哲学》，南京师范大学出版社，2003年，第291页。
④ 孟子：《孟子·离娄下·第十二章》，见《孟子今译》，刘方元译注，江西人民出版社，1985年，第160页。

就是没有失去出生时纯洁之心的人。"这里的"赤子之心",可以说就是人的本心,初心,即尚未社会化的童心。

到明代,思想家、文学家李贽提出"童心说"。"夫童心者,绝假纯真,最初一念之本心也。……童子者,人之初也;童心者,心之初也。天下之至文,未有不出于童心焉者也。"[1]李贽认为,童心就是弃绝伪假、保持纯真的最初的本心。……儿童,是人之初;童心,是心之初。天下最好的文章,没有不是出于还保持童心的人。这就将童心和艺术创造联系起来,阐明童心对文学创作的重要影响。其实,早在宋朝,苏轼就有诗云:"诗画本一律,天工与清新。"苏轼主张诗画的天然而成,而李贽在此基础上更进一步强调文如其人,在文中能显纯真晶莹的本性,这就需要人能去除尘俗障碍,拥有童心。近代学者王国维在孟子的基础上,直接提出:"诗人者,不失其赤子之心。"[2]

现代诗人王统照在1925年就出版以《童心》为集名的诗集,收录近百首诗作,其中在以《童心》为名的一首诗作中写道:

> 我不向荒山中寻求金珠;
>
> 也不向阴林中罥得翠羽,
>
> 只已遗落的"童心",不知藏在何处?
>
> 石角,岩罅,美人的眉痕,骷髅的空窟,
>
> 我曾经不停祈求,十方觅取。
>
> 为谁夺去?为谁玷污?
>
> 终未能一见它的游踪![3]

---

[1] 李温陵:《焚书·童心说》,见《李贽文集》,北京燕山出版社,1998年,第126页。

[2] 王国维:《〈人间词话〉及评论汇编》,书目文献出版社,1983年,第6页。

[3] 王统照:《童心》,商务印书馆1925年初版,见《王统照文集》(四),山东人民出版社,1982年,第3—4页。

不停祈求，十方觅取，正是在艺术之境孜孜以求的创造者的追求姿态，这也是艺术家们深深怀恋童年的重要原因。

童心作为衡量作品的优劣的标准，并不是我国艺术的专利。法国文哲家狄德罗对童心之天真做过专门论述：

> 要说出我的感觉，我得造词，或者至少把现成的词的词义加以扩充，造的词是"天真"。在它原来表达的单纯之外，必须添上一个没有受过拘束的幸福童年的清白、真实和独创性，于是天真就对于一切美术作品都是主要的了。在一幅拉斐尔的画的各个部分都看得出天真来，天真和崇高非常接近。天真也存在于一切很美的东西里面，存在于一个姿态、一种动作中，存在于衣褶、表情里面。这是事物本身，却是纯粹的事物，没有丝毫改变，艺术再也不存在那里了。[①]

艺术的天真接近崇高，就是纯粹，技巧人工消失，事物纯粹的本来面目天然展现，这就是崇高的艺术。

与狄德罗对拉斐尔的推崇相似，想想齐白石的晚年画作，那浑然天成的小鸡、青蛙、蝌蚪、老鼠、丝瓜、油灯、柴耙等，无一不是"自己画出自己的面目"，一片天真，一片童心。

日本画家葛饰北斋的自白很能显出老顽童的天真之气：

> 从6岁开始，我就有把东西画下来的癖好。到50岁的时候，我已经发表了无数的画作。但是，70岁以前的创作都不算什么。直到73岁，我差不多了解了真实的自然界的结构：动物、草、

---

① ［法］狄德罗：《狄德罗论画》，陈占元译，广西师范大学出版社，2002年，第211页。

树、鸟、鱼和昆虫。那么，当我80岁的时候，我会有更大的进步。90岁，我将能够发现事物的奥秘。100岁的时候，我会达到一种完美的境界。等我到了101岁时，在我的创作力，无论是一个点，还是一条线，一切都将生动异常。我希望，所有跟我活得一样久的人们，能够作为我的见证人，看看我是否信守诺言。

本人写于75岁，原名北斋，人称"画狂"，一个对绘画狂热的老人。①

在文学方面，童心其人其作例子也很多。1956年西班牙作家希梅内斯以《小毛驴与我》夺取诺贝尔文学奖，这个羽量级的作品是诗人向自己的小毛驴倾诉衷肠，它全篇纯洁晶莹、天真赤诚之气感动了无数读者。在作品的序言中，希梅内斯用唯美的语言颂赞孩子：

"无论什么地方，只要有孩子，"诺瓦里斯说，"就会有一个黄金时代。"因为诗人们的心所向往的，正是这个黄金时代，这个从天而降的精神之鸟，在这里找到了悠游的乐趣，因而他们最大的愿望就是能永远留在那里而不离开。

幽雅的岛，清新的岛，幸福的岛，你就是孩子们的黄金时代；我总能在你这里找到我生活中激荡的海洋；有时候，你的微风给我送来它那竖琴的琴声，高昂，没有任何意义，像黎明时洁净朝晖中云雀的颤鸣。②

将童心之境从为文推及为人，就是至境中之至境。越是伟大的艺术

---

① ［法］艾姿碧塔：《艺术的童年》，林徽玲译，安徽教育出版社，2005年，第121页。
② ［西班牙］胡安·拉蒙·希梅内斯：《小毛驴与我·作者小序》，林为正译，团结出版社，2005年，第17—18页。

家就越是天真的孩子。像前面提到的齐白石、葛饰北斋的晚年，我相信他们的生活中会有很多童心盎然的例子。在文学方面，我举东西方两个例子来说明。

印度诗人泰戈尔被称为"人类的儿童"，他也写出了对世界文学尤其对我国现代文学影响深远、满纸稚语的《新月集》，他更是将以保持童心、守护童心为己任。1898年他在桑地尼克丹创造了他的"和平之乡"，把主要精力投身教育，主张创办一种森林学院式的教育机构，到1901年，他创办了一所学校，开学的时候只有五个学生和五个老师。为了克服资金困难，他变卖一部分房产和藏书以及妻子的首饰来维持学校。1921年，经过泰戈尔多年奔走呼吁的国际大学在和平之乡成立，为了办好这个学校，泰戈尔把自己的土地、房屋以及其他财产都捐献出来。他的学生天真活泼，光着脚在草地上奔跑，爬上树坐在树杈上读书。面对旁人的不解，他解释说："童年是一个文明人一生中唯一可以在树枝和客厅椅子之间做出选择的时期，难道因我已是成人不便这样做就应该去剥夺孩子的这种权利吗？……我知道，在这个实际世界上，鞋子是要穿的，道路是要铺设的，车子是要使用的。然而，在孩子们受教育时期，难道不应让他们懂得，世界并非是客厅，而是一个诸如自然的东西，而他们的肢体之所以被造就得如此美妙，正是对自然的一种回应？"只有理解童心、相信童心、崇拜童心的人才会有这样的解释。

另一个例子是童话奇作《爱丽丝漫游奇境记》的作者，英国的刘易斯·卡罗尔，这其实是一个笔名，他的真名叫查尔斯·道奇森，牛津大学的数学老师。他之所以写出那样精彩的童话，是因为他是一个公认的极有童心的人。他时常给小读者回上"一车一车的信"。仅在他一生的最后三十七年中，一共收到并回复九万八千七百二十一封信。他写的信也像奇境中的事情那样神奇。他用一张米黄色的信纸，用紫罗兰色的墨水写，写成和邮票同样大小的一封信。有时候信是反写的，必须用镜子照着才能读。信的结尾，他会附上二百万分之一个吻，或者是一千万个吻。

道奇森是那种最可能进入王尔德所说的天国花园的人。他说，孩子们像补药。"他们是我四分之三的生命。我不懂为什么有的人会对孩子感到厌烦。"①

几乎所有伟大的艺术家都是童心之境的膜拜者，因此这个世界才充满了这么多天籁般纯粹的美好。

童年天然水晶、纯真晶莹的童心美是人性本初最本质最永恒之美，美丽的童心用自己的纯洁、天真、单纯、善良、同情和公义，对抗着现实中的污浊、虚伪、欺诈、成见、机心，更重要的，它本原的美好是所有精神求索者的圣殿，它给世界带来了纯净，让心灵重新充满了无限的憧憬和希望。

我们将带着这份晶莹之心进入我国古代童年审美的求索之路。

---

① ［美］凯瑟·纽曼：《〈艾丽丝漫游奇境记〉是怎样写出来的》，《鹰隼的目光》，金筅、史志康、陈沛芹译编，上海文化出版社，2000年，第242页。

童年词源查考

语言有点像一座只管收藏知识的巴黎蜡像馆。①

—— [法] 海然热:《语言人》

我们知道,语言就是活着的历史。对于个人和社会,语言都是表达的工具。同时,我们也不会忘记,语言和人类自身一样古老。与语言相比,语言的书面形式——文字,当然年轻不少。从现今找到的令人惊喜的文字化石来看,尽管人类可以让自己的想象力到达那些久远的时空,文字丁我们依然充满了古老的神秘。同时,因为它是思维的产物,它又是一把开启历史甬道的钥匙。因为,"语言处于时间范围之内,随时可能发生变化,并接受能满足某种需要的新鲜事物,同时不一定舍弃旧有之物。语言就这样把零散的知识积聚起来,从而获得了珍贵的见证。"②文字这种历史文物的特征使得它忠实地保存着文字创始期和发展期间人们的思维观念。因此,"卢梭曾担保说,在语言里能读到整整一部关于自由和奴役的历史。米卡里斯曾打算从中发现有关

---

① [法] 海然热:《语言人》,张祖建译,三联书店,1999年,第182页。
② 同上。

信仰、偏见和迷信的历史"。①

我们回到语言的源头去寻找"童年"。

一

《辞海》上指出"童"是"僮"的本字，指奴仆。《辞源》上有进一步的解释，"男有罪为奴曰童"。"童"从构词法上看是会意字，由"立"和"里"两个部分构成，"立"的本义是"站"；"里"的本义是"古代居民聚居的地方"。站在聚居之地的人，就是"童"，即"僮"。《易经·旅》："丧其童仆。"可见三千多年前中国已经进入阶级社会。

《辞源》中"童"指未成年的人，年十九以下皆是也。可见，这种称呼是一种泛称，将婴儿期、童年期、少年期甚至部分青年期都包括其中。孩童、学童都称童。

比如《诗经·卫风·芄兰》："童子佩觿。"指未成年人佩戴用骨头制成的解绳结的锥子。"觿"作为一种工具随身携带，可见至少在公元前6世纪的时候儿童已经参与成人的劳作。

《论语》中记载：有一次孔子和他的弟子们谈论理想，只有学生曾点的意见与他不谋而合。

（曾点）曰："春服既成，冠者五六人，童子六七人，浴乎沂，风乎舞雩，咏而归。"夫子喟然而叹曰："吾与点也。"②

可见孔子的确是一个自然主义者，他人生最高的理想也不过五六个成人携六七个孩童，一起在春天踏青，放歌自然罢了。在这里，儒家学派的创始精英们为我们勾勒出了一幅成人、儿童怡然自乐的理想图式。这里的童子，在收了三千门徒的孔子中，大概可以算作学童。

---

① ［法］海然热：《语言人》，张祖建译，三联书店，1999年，第182—183页。
② 《论语·先进》，见《中国历代作品选第一册·上篇》，朱东主编，上海古籍出版社，1993年，第142页。

　　唐代诗人贾岛有一首《寻隐者不遇》："松下问童子，言师采药去。只在此山中，云深不知处。"这里的"童子"，就是学徒了。

　　"童子佩觿"，童子成了学童或学徒，儿童就算从生理意义上的孩子脱离出来，预备踏进或者踏进了成人的生活。

　　《辞海》中解释"童"又被称作还未长出角的牛或羊。《易经·大畜》："童牛之牿。"虞翻注："无角之牛也。"《诗经·大雅·抑》："彼童而角。"毛传："童，羊之无角者。"人畜同源，这里即是一例。幼牛或幼羊没有长角，相当于没有成年的人。

　　"童"还指山无草木。《释名·释长幼》："山无草木亦曰童。"由"山无草木"比喻"人秃顶"。韩愈《进学解》："头童齿豁。"就是"头秃了牙齿掉缺了"。可见在古代人的思维中，不仅人畜同源，而且人和山水等自然物也没有绝对界限。婴儿诞生时毛发少甚至没有，一座山没有草木，就如同婴儿没有毛发，因而同称"童"。有趣的是，人老了，又要返老还童，头发由多到少，由有到无，一样回到婴儿的"无发"状态，这里是取其外貌相似的特点。头发正如同牛羊的角是儿童的重要特征，所以有个我们很熟悉的俗语：黄毛丫头，乳臭未干。"黄毛"就是未成年的状态。

　　"童"还指愚昧无知。《新书·道术》："反慧为童。"又有比如童蒙、童昏等说法。

　　童蒙：童幼无知；愚蒙。《易经·蒙》："匪我求童蒙，童蒙求我。"孔颖达正义："蒙者，微昧暗弱之名。"

　　童昏：愚昧无知。《国语·晋语四》："僮昏不可谋。"韦昭注："僮，无知；昏，暗乱也。"

　　这里可以窥见古代人对儿童的判断的一个方向：愚昧无知。可见，自古以来成人习惯拿自己的标准来衡量儿童，不了解儿童独特的思维方式和心理，凭着智识上的优越，在儿童的脑门上盖上愚昧无知的记号，忽视儿童的童年世界。这就是用误读的儿童属性拓展了"童"的含义，"童"由名词转化成表达事物属性的形容词。"童蒙"也好，"童昏"也好，这些形容词忠实记录了人们认识儿童的一个方向。隐藏在这些词背后的观念还要影响我们上千年，直到今天，这些词仍然有生命力。现在我们还能听到这股潜流在历史阴暗的下水道里流动。听一下这些心寒的声音："他是一个孩子，没有意识，没有自我批评。这样他继续停留在那里，或者更确切地说，向回走。他仍然是一个孩子，但却是一个老孩子，这令人厌恶。这本游记只是一个孩子气的虚荣心与模糊的图片和愚蠢的惊叹号的集合……多么做作，多么虚假！"①像个孩子有罪，这就是一个人在人类童话的使徒时代的遭遇，当然他当牛受到的责难越多，以后他得到的赞美也越多，因为这个差点被骂到想自杀的人的名字是——安徒生。

有趣的是，《辞海》上记下了古代人更多的智慧。"童"还有一个重要的含义，通"瞳"。瞳人，即瞳仁。《汉书·项籍传赞》："舜盖重童子，项羽又重童子。"童，《史记》作"瞳"。了解一点生理知识的人都知道，我们如果没有眼睛，就无法看见；可是如果眼睛没有瞳仁，只会变成两个黑暗的球。因为光线正是通过瞳仁进入眼内，也就是说，瞳仁是光线的入口，它灵巧地随着光线的强弱扩大或缩小，大概是世界上最精密的小孔。由"童"到"瞳"，我们可以产生很多美妙的联想。伊西多尔说，"这个时期（指童年）的人就像眼睛的瞳仁那样纯净。"②中西方的智慧又在这里相遇。

接着，我们发现了一个美丽的词："童心"。《左传·襄公三十一年》："于是昭公十九年矣，犹有童心。"童心指儿童的心情，孩子气。引申为真心、真情实感。李贽《焚书·童心说》："夫童心者，绝假纯真，最初

---

① ［丹麦］斯蒂格·德拉戈尔：《在蓝色中旅行·安徒生传》，冯骏译，译林出版社，2005年，第130页。
② ［法］让-皮埃尔·内罗杜：《古罗马的儿童》，张鸿、向征译，广西师范大学出版社，2005年，第25页。

一念之本心也。"

前面我们讲到"童蒙""童昏"这些对儿童属性的否定意义时，我们确定那是成人对儿童认识的一个方向。与这个方向相反，我们现在在"童心"关于真诚的认识上看到了另一个方向——这是一个绝对肯定的方向。古时的成人对童年世界并不是完全抹杀，成人对儿童本真之心的强烈肯定，甚至将这种天真真诚的精神作为衡量成人的标准，这是有识之士对童年生命睿智的哲学发现。

汉字"童昏"与"童心"这种对立并存的现象并不孤单。我们发现，在英文中这种现象同样存在。英文的"童年"childhood来源于child，child就是儿童，孩子，不限年龄和性别。有趣的是，从child同样派生出两种倾向的形容词：childish和childlike。childish指儿童的，适合于儿童的、幼稚的。如果应用于成人，这个词包含了贬义的判断。childlike指率真的；纯真的；天真无邪的。这个词分明显露了对儿童天性的肯定。

childish和childlike对应着"童昏"和"童心"，也对应着人类认识儿童的共性——对儿童智识上的否定和对儿童本性上的肯定，这个否定的统一都根源于对儿童特性认识上的失误，或者说是"成人本位"观念的倾斜。

二

我们再来看古代与"童"相关的字。

汉语的面貌十分丰富，与童年状态相联系的称谓，还有儿、婴、孩、幼、赤子、小人、娃等。我们来逐一辨析。

"儿"的繁体是"兒"。《说文解字·儿部》指出："兒，孺子也。从儿，象小兒头囟未合。"后来，"儿"也用于"儿子"的特称，子女对父母的自称，以及古代妇女的自称。更多的时候，"儿"指儿童，孩子。唐贺知章《回乡偶书》："少小离家老大回，乡音无改鬓毛衰。儿童相见不相识，笑问客从何处来。"

唐窦巩《赠王氏小儿》："莫倚儿童轻岁月，丈人曾共尔同年。"（不要倚仗年轻就轻抛光阴，老年人曾经与你一样有过相同的时光。）

"儿戏"指小孩子嬉戏游玩。唐刘长卿《戏题赠二小男》："欲并老容羞白发，每看儿戏忆青春。""儿戏"比喻做事不严肃、不认真，有如小儿嬉戏。

"婴"，指初生的小孩。有一种说法认为女叫婴，男称孩。"儿童"在拉丁语是"in-fans"，意思是"不讲话者"，当然如今儿童不再是词源意义上的儿童，不说话的儿童是婴儿。表现中华民族童年期的神话——《山海经》，其中多次用婴儿的声音、婴儿的舌头等来譬喻。而老庄更是紧抓住婴儿无言、柔弱的特点来表达他们"绝圣弃智""清静无为"的主张。《庄子·人间世》："彼且为婴儿，亦与之为婴儿；彼且为无町畦，亦与之为无町畦；彼且为无崖，亦与之为无崖。"

"幼"，一指小孩。陶潜《归去来辞》："携幼入室。"一指对儿童的爱护。《孟子·梁惠王上》："幼吾幼，以及人之幼。"赵岐注："幼，犹爱也。爱我之幼，亦爱人之幼。"幼儿，指一到六七岁的小儿。

幼学，《礼记·曲礼上》："人生十年曰幼，学。二十曰弱，冠。三十曰壮，有室。"郑玄注："名曰幼，时始可学也。"后因称十岁为"幼学之年"。《颜氏家训·勉学篇》："幼而学者，如日出之光；老而学者，如秉烛夜行，犹贤乎瞑目而无见者也。"

幼稚，年龄小。《汉书·外戚传下》："幼稚愚惑，不明义理。"引申指缺乏经验或智能薄弱。

"孩"，一指幼儿。陶潜《命子》诗："日居月诸，渐免于孩。"《老子》："如婴儿之未孩"。"孩提"指幼儿。《孟子·尽心上》："孩提之童。"赵岐注："孩提，二三岁之间，在襁褓知孩笑，可提抱者也。"亦作"孩抱"。

"赤子"，指初生的婴儿。《书·康诰》："若保赤子，惟民其康乂。"孔颖达疏："子生赤色，故言赤子。"韩愈《行难》："吾不忍赤子之不得乳于其母也。"亦指纯洁善良如初生的婴儿。《孟子·离娄下》："大人者，不失其赤子之心者也。"

"小"，是与"大"相对的概念。"小"与年幼相关的表达有小小、小子、小儿、小年、小人等。

小小，指幼小。李白《宫中行乐词》八首之一："小小生金屋，盈盈在紫微。"

小年，指年少，幼年。杜甫《醉歌行》："陆机二十作《文赋》，汝更小年能缀文。"元稹《连昌宫词》："宫边老人为余泣，小年进食曾因入。"

值得注意的是，"小人"词义的发展很丰富。西周时"小人"是对一种被统治的生产者的称谓。《尚书·无逸》："相小人，厥父母勤劳稼穑，厥子乃不知稼穑之艰难，乃逸。"春秋时将统治阶级称为"君子"，将被统治的劳动生产者称为"小人"。春秋末年以后，"君子"与"小人"逐渐成为"有德者"和"无德者"的称谓。《论语·颜渊》："君子成人之美，不成人之恶，小人反是。"《论语·阳货》："君子学道则爱人，小人学道则易使也。"《论语·阳货》另有一句："唯女子与小人为难养也，近之则不孙，远之则怨。"这里的"小人"指小孩。"小人"也是地位低下的人对上自称的谦词。"小人"还指短小的人，小矮人。《山海经·大荒东经》："有小人国名靖人。"

与儿童相关的"小"的延伸还包括"小学"。"小学"一指对学龄儿童实施的初等教育。我们西周时已有小学，其后各代继续设立，名称不一，官学如四门小学、内小学等；私学如书馆、蒙馆、义塾等。"小学"另特指《小学》，是由宋朱熹、刘子澄编的儿童教育课本。辑录符合封建道德的言行，共六卷，分内、外篇。内篇包括《立教》《明伦》《敬身》和《稽古》，外篇包括《嘉言》和《善行》。明陈选作《小学集注》，清张伯行作《小学集解》。另，小学在汉代特指文字学，因为儿童入小学先学文字，故名。隋唐以后，范围扩大，成为文字学、训诂学、音韵学的总称。至清末，章炳麟认为小学之名不确切，主张改称语言文字之学。

孺，幼儿，儿童。如：妇孺。孺又指年龄稍大些的后生和少女。《史记·留侯世家》："父去里所，复返，曰：'孺子可教矣。'"《战国策·齐策三》："齐王夫人死，有七孺子皆近。"高诱注："孺子，幼艾美女也。近，幸也。"

"孺子牛"出自典故。《左传·哀公六年》："女（汝）忘君之为孺子牛而折其齿乎？"孺子，齐景公的儿子。齐景公曾跟儿子嬉戏，口衔着绳子，学做牛，让儿子牵着走。儿了跌倒，把齐景公的牙齿拉折。鲁迅《自嘲》："横眉冷对千夫指，俯首甘为孺子牛。"

小儿，指小孩。

娃娃，指小孩。带有口语色彩。也指年轻美貌的女子。陆龟蒙《陌上桑》诗："邻娃尽著绣裆襦，独自提筐采蚕叶。"唐著名传奇《李娃传》也是。

从以上词语逐一解释可知，按照现代心理学的划分，婴孩、赤子这些称谓对应于婴儿期，小儿、幼儿、小人、孺子、娃娃等这些称谓对应于童年期。这里大致与童年近似的词有幼年、孩提、小年。

从上可知，我国古代对"童"的界定——年十九岁以下者。我们再看看古罗马对童年的界定，B.德·格兰维尔在所著《拥有万物的人》中说：

> 生命的第一个阶段是童年，童年是从出生到7岁。童年时期，孩子长出牙齿，这个阶段的人被称为"儿童"，这个词语的本意是"不能顺畅地说话、不能组织流畅的话语"；这是因为牙齿没长齐，也不牢固。伊西多尔和君士坦丁曾说：童年过

后，是第二个生命阶段……我们称之为"纯洁"……这个时
期会持续到14岁。①

显而易见，我国关于年龄界定并没有"纯洁"这一阶段，根据现代
心理学的界定和我们的习惯，我们将"童年"界定为从出生到12岁。13、
14岁为童年向青少年过渡时期。这样一来，我们可将上文列举的与童年
相关的称谓都归为童年名下：婴孩、赤子、小儿、幼儿、小人、孺子、
娃娃等，幼年、孩提、小年等就是童年的另称。

三

我们在寻探童年词源的时候，发现不少童年的同义词，但是"童年"
作为词语并没有出现过。在对古代诗词关于童年审美的查阅过程中，笔
者发现像"少年""青春""中年""晚年"等标志年龄阶段的词语却随处
可见。如：

唐白居易《春眠》："还有少年春气味，时时暂到梦中来。"

唐杜牧《送友人》："青春留不住，白发自然生。"

唐王维《酬张少甫》："晚年唯好静，万事不关心。"

元关汉卿《一枝花·不伏老》："恰不道人到中年万事休，我怎肯虚
度了春秋。"

可是，奇怪的是，我自始至终没有找到"童年"这个词。如前我们
归纳的，《辞海》《辞源》中有"儿时""幼时""孩提""小时"等词，在
古代诗词中这些词也经常使用，然而，"童年"一词始终"芳踪无觅"。
然而，顺着文学史的线索追寻下去，"童年"一词却大量出现在"五四"
之后的现代文学中。

---

① 参见［法］让-皮埃尔·内罗杜：《古罗马的儿童》，张鸿、向征译，广西师范大学出版社，
2005年，第25页。

泰戈尔诗集早期翻译者郑振铎断断续续翻译《飞鸟集》和《新月集》，1922年由商务印书馆结集出版的《飞鸟集》的第299首出现"童年"一词："上帝等待着人类在智慧中重新获得童年。"

被称为现代儿童文学理论建构者的周作人也在1922年使用到"童年"一词：

> 但是这种民间童话虽然也是文学，却与所谓文学的童话很有区别：前者是民众的，传述的，天然的；后者是个人的，创作的，人为的；前者是"小说的童年"，后者是小说的化身，抒情与叙事的合体。[1]

被称为现代儿童文学之父的叶圣陶在1923年写道：

> 忽然忆起童年的情景来……只不知童年的那种欣赏的心情能够永永持续否……[2]

现代作家中"童年"一词用得最多的要算冰心。冰心的新诗《繁星》由商务印书馆1923年初版，《繁星》第二首："童年呵！是梦中的真，是真中的梦，是回忆时含泪的微笑。"

冰心写于1921年10月1日的散文《梦》开篇便是："她回想童年的生涯，真是如同一梦罢了！"结尾："童年！只是一个深刻的梦么？"[3]

① 周作人：《王尔德童话》，1922年4月2日刊《晨报副镌》，收录于《自己的园地》，见《知堂书话》，周作人著文，钟叔河编订，中国人民大学出版社，2004年，第348—350页。
② 叶圣陶：《客语》，1923年10月1日作，刊于《文学》91期，署名王均；1981年11月17日修改。见《叶圣陶散文甲集》，四川人民出版社，1983年，第45页。
③ 冰心：《冰心散文集》，北新书局，1932年初版，见《冰心文集》(3)，上海文艺出版社，1984年，第13页、15页。

终篇于1922年7月31日发表于同年10月《小说月报》第13卷第10期的散文《往事》，开篇："将我短小的生命的树，一节一节的折断了，圆片般堆在童年的草地上。我要一片一片的拾起来看；含泪地看，微笑地看，口里吹着短歌地看。"①

写于1924年3月26日的散文《六一姊》中称六一姊是"我童年的玩伴之一"，结尾："总之，提起六一姊，我童年的许多往事，已真切活现的浮到眼前来了。"②

之后，"童年"一词使用更加频繁。现代作家鲁彦的小说《童年的悲哀》大概算是最早用"童年"一词入题的作品，1931年鲁彦小说集《童年的悲哀》由亚东出版社出版。查阅出版记录，在1930年由光华书局和亚东图书馆分别出版了苏联作家高尔基的名著《我的童年》，翻译者分别是蓬子和林曼青（洪灵菲）。1932年，由新文艺书店出版苏联作家爱伦堡等著的《黄金似的童年》，由郭沫若翻译。1937年，郭沫若出版了自己的童年回忆，名称为《童年时代》。在查阅的过程中，还发现二十世纪三十年代上海有一个"童年书店"，出版过《新时代百科全书》。到1947年，俄罗斯文学巨匠托尔斯泰的名著《童年·少年·青年》由高植翻译，在文化生活出版社出版。到五十年代，"童年"一词的使用就十分普遍了。

法国语言学家海然热说："语言有点像一座只管收藏知识的巴黎蜡像馆，只要能满足使用者的要求，就不必大举进行科学的维新。但维新看似确实发生了，那其实是语言在不断记录前后相继的知识过程中，把新近的进步收录在案。"③或者如前所说，"语言处于时间范围之内，随时可能发生变化，并接受能满足某种需要的新鲜事物，同时不一定舍弃旧有

① 冰心：《冰心散文集》，北新书局，1932年初版，见《冰心文集》(3)，上海文艺出版社，1984年，第18页。
② 冰心：《往事》，开明书店，1930年初版，见《冰心文集》(1)，上海文艺出版社，1984年，第196页。
③ ［法］海然热：《语言人》，张祖建译，三联书店，1999年，第182页。

之物。语言就这样把零散的知识积聚起来，从而获得了珍贵的见证。"①

在查阅现代文学的作品中发现，作家们一方面用年轻的词语"童年"满足新鲜表达的需要，另一方面仍沿用旧有的词语。比如鲁迅、周作人用"童年"一词的概率就很少，一般用"儿时"等词代用。30年代作为文学新人的沈从文，现代文学理论称他为"把自己童年的记忆长久地带进当下的记述"②，在他1934年出版的自传中，"童年"一词没有出现过。从一个爱水、逃学的孩子到意识到自己是一个"乡下人"这段时光里，他用"幼年""小时""作孩子的时代"代替童年。

语言永远是活的历史。"童年"的出现是中国现代"儿童的发现"思潮之对应，现代儿童观"儿童本位"的本质强调对儿童精神的认识和儿童个性的尊重，以及现代儿童文学理论的建构和儿童文学创作的兴起，推动这个年轻的词语获得更加旺盛的生命力，加快它合法地位的确认和普遍性地被运用。

"童年"一旦获得，它就显出了它丰富的内涵和无限的宽度，它被赋予了某类名词所特有的情感性，唤起人美好的感情。是的，所有的人都有童年。它邀约的是全部的人，不管是高高在上的君王，还是草芥寻常的百姓；不管是富甲天下的富豪，还是一贫如洗的穷人；不管是学富五车的智者，还是目不识丁的白丁；不管是白发苍苍的老人，还是正值青春的年轻人；不管是古人还是今人，不管是中国人还是外国人，总之，这个话题不关权势、财富、智识、年龄、时代、空间，所有这些人都有一个共性——他们都曾有过童年，有过他们生命中最初的样子，无论是谁，都是从这个地方开始了他们漫漫人生的冒险之途。因此，童年的宽度是无限的，只要生命存在过，童年就有了进驻的可能。它就像一张巨大的毯子，包裹了所有的人；它又像一枚永远的太阳，照耀了所有的生命。

所以，我们有可能寻找古代的童年之美。

---

① ［法］海然热：《语言人》，张祖建译，三联书店，1999年，第182页。
② 钱理群等：《中国现代小说三十年》，北京大学出版社，1998年，第277页。

中国古代
诗词中的童年之美（上）

儿时曾记得，呼灯灌穴，敛步随音。①

——张镃:《满庭芳·促织儿》

一

"童年的历史是一个噩梦，我们不过是刚刚醒来。越往古代看，对儿童的照顾就越少，儿童越容易被杀死、遗弃、虐待、恐吓和受到性侵犯。"劳埃德·德莫斯用这段话来开始他的《儿童的历史》（*The History of Childhood*）一书的论述。②

在此之前还有一本同名的书——菲利普·阿里埃斯1962年的大作。这本后来得到很多关注的著作，从历史油画作品、学校与大学规章制度，以及赫罗尔德博士对法国国王路易十三养育情况的描述几个方面收集资源，试图揭开西方中世纪儿童生活的面貌。一些学者得出结论，西方18世纪之前，儿童实际上并没有被真正当做人来看待。中世纪时对待儿童

---

① 〔宋〕张镃:《满庭芳·促织儿》，引自《唐宋词鉴赏辞典》，唐圭璋主编，江苏古籍出版社，1999年，第979页。
② 〔英〕鲁道夫·谢弗:《儿童心理学》，王莉译，电子工业出版社，2005年，第32页。

的方式有了一些改善，但是这种改善并不鲜明。阿里埃斯这样描述一位就要生下第五个孩子的母亲：这个母亲想到需要一个多月喂养孩子，还要多一个人穿衣服，她就感到难过。一位邻居这样安慰她："在他们长大到让你操心之前，你就会失去他们中的一半，或者是全部。"因为，"在中世纪社会，儿童的观念并不存在"①。

《童年的消逝》的作者尼尔·波兹曼由此证明童年的概念是一种社会产物，一个没有儿童的时代，就没有童年。按照波兹曼的说法，童年的概念，诞生于一个来自德国美因兹的金匠，所凭借的是一台破旧的葡萄压榨机的帮助。他所指的是中国印刷术在传入西方的不到一百年的时间里，1439年，谷登堡将葡萄压榨机和图书制作联系起来，这部简陋的印刷机的运转，开创了西方轰隆隆的印刷时代。

但是诞生后的童年还要经历一个漫长的发展时期。"18世纪的工业化始终是童年的劲敌。""因为整个18世纪和部分的19世纪，英国社会对待穷人的孩子尤其残酷无情，穷人的孩子充当了英国这部大工业机器的燃料。"②

不仅如此，在波兹曼认为因"知识差距"而产生的学校里，儿童的命运并不见得强过工厂的孩子。例如18世纪德国一个校长曾经公开夸耀他处罚学生的记录：911527次杖责，124000次鞭打，13675次掌击，1115800记耳光（Demause，1974）。③

似乎全世界的儿童都在同时经历他们的苦难史。方卫平先生在《中国儿童文学理论批评史》中理性地为我们指出了一个残酷的事实：中国古代对儿童及儿童教育的重视，从总体上看并不是以理解、承认、尊重儿童的心理特点、精神个性和独立人格为出发点，相反，倒是以牺牲儿

① ［加拿大］Guy R.Lefrancois：《孩子们：儿童心理发展》，王全志、孟祥芝等译，北京大学出版社，2004年，第6—7页。
② ［美］尼尔·波兹曼：《童年的消逝》，吴燕莛译，广西师范大学出版社，2004年，第72页。
③ ［英］鲁道夫·谢弗：《儿童心理学》，王莉译，电子工业出版社，2005年，第33页。

童的独立人格作为代价的。在"三纲""五常"的封建伦理桎梏下，儿童永远只能处于被支配的、被漠视的地位，他们有幸得到"重视"，也只能是一种被扭曲、被错置了的待遇。这是在中国传统文化背景下历代儿童无法摆脱的精神处境和必然命运……中国传统社会中所形成的儿童文化，实际上是一种残酷的"杀子"文化：对儿童的重视由于不是建立在对儿童精神特点和独立人格的理解和尊重的基础之上，这种"重视"便反过来成为对儿童自然天性和生命活力的一种窒息、摧残和扼杀。这就是依附于中国传统文化根基的儿童观的"杀子"功能，这就是历代儿童不幸的精神境遇和历史命运。[①]

在这种"杀子"文化下的童年更加无法幸免于噩梦。《另一种童年的告别》记载：广东人把私塾叫做"卜卜斋"，卜卜者，广东话敲打的象声词，意思就是读书不打不会背，做人不打不成人。"《中庸》《中庸》，打得屁股通红"，"《大学》《大学》，打得屁股烂落"。郭沫若在他的童年回忆中仍然心有余悸："小小的犯人要把板凳自己抬到大成至圣先师孔老二的神位面前，自己恭而且敬挽起衣裳，脱下裤裆，把两个屁股露出来，让大成至圣先师孔老二的化身拿起竹片来乱打。儿童的全身的皮肉是怎样地在那刑具下敢栗呦！儿童的廉耻心、自尊心，早怎样地被人蹂躏到没有丝毫的存在了呦！"[②]

这种在学堂里受罪的儿童受尽鞭笞，但至少还有生存的可能。我们翻阅古诗，看到的则是更加不幸的儿童生存处境。

三国魏时诗人王粲《七哀诗三首》："路有饥妇人，抱子弃草间。"

唐诗人杜甫《彭衙行》："痴女饥咬我，啼畏虎狼闻。怀中掩其口，反侧声愈嗔。小儿强解事，故索苦李餐。"[③]《百忧集行》："痴儿不知父

① 方卫平：《中国儿童文学理论批评史》，江苏少年儿童出版社，1993年，第40—42页。
② 张倩仪：《另一种童年的告别》，商务印书馆，2001年，第34—36页。
③ 杜甫：《彭衙行》，见《唐宋诗醇·上》，马清福主编，春风文艺出版社，1999年，第637页。

子礼，叫怒索饭啼门东。"《侨陵诗三十韵因呈县内诸官》："荒岁儿女瘦，暮途涕泗零。"《自京赴奉先县咏怀五百字》："入门闻号咷，幼子饥已卒。""所愧为人父，无食致夭折。"

唐文学家韩愈《进学解》："冬暖而儿号寒，年丰而妻啼饥。"

清诗人乔莱《过高邮》："买薪须论斤，卖儿不计价。"

在贫富极为悬殊的阶级社会，儿童作为社会的弱者，被践踏在社会的最底层，他们是首先受不幸命运摆布的牺牲品。饿死、遗弃、贱卖，童年的号哭交织在诗人悲愤的泪水中，"杀子"文化历史中的一声哀恸的叹息！

二

即使最深的黑夜，也会有萤火闪烁。儿童毕竟是流动着美丽着的生命，而所有的成人都是孩子经由童年长大而成。因此，在灿烂的中华文化之河中，仍然会有一些艺术家和儿童的心灵相通，不，他们甚于萤火，他们应该是星光，"杀子"文化的浓雾并没有完全蒙蔽他们的艺术之眼，他们同样在不同的时代靠近过童年的美好和童心的晶莹，他们仍然在艺术的天空里璀璨。

周作人说："嘉孺子而哀妇人，古人以为圣王之心，却也是文艺中重要成分。""正如人见了小孩的说话行动，常不禁现出笑容来一样，他们如在诗图画中出现时，也自有某一种和蔼的气氛，这就是所谓慈祥戏谑可亲了。"①

由于中国古代"杀子文化"的现实和中国诗歌"诗言志"的传统，"小年""小儿"等童年生命必难进入诗歌表现主流。因此总结古诗词中的童年描写的特点，那就是少、散、点缀式地闪现。例如《唐宋诗醇》全书共计47卷，搜集李、杜、白、韩、苏、陆六大家共2500余首诗，但

---

① 周作人：《杜少陵与儿女》，见《周作人自选精品集——饭后随笔》（下），陈子善、郑琨编，河北人民出版社，1994年，第376页。

是有关童年题材的诗作却是凤毛麟角，少之又少，即使出现孩童的诗作也不多。在其他诗集中即便是出现儿童的身影的诗作，主角并不是儿童，儿童在此种情景下具有某种象征意味，是诗人用来表达自我心曲的间接手段。比如：有时在古诗词中存留儿童的身影和笑声，是用来表达作者归隐旨趣的手段。

用儿童来笑醉、笑狂，表现醉酒人、痴狂人的旷达超然、狂放不羁的生活态度：

"襄阳小儿齐拍手，拦街争唱《白铜鞮》。旁人借问笑何事，笑杀山公醉似泥。"（唐·李白《襄阳歌》）①

"归去山公应倒载，阑街拍手笑儿童。"（宋·苏轼《浣溪沙》）词中说，乡人喝得酩酊大醉，蹒跚而去，满街儿童拍手欢笑。

"儿童随笑放翁狂，又向湖边上野航。"（宋·陆游《九月三日泛舟湖中作》）②

"菱香酒美，醉倒芙蓉底。旁有儿童大笑，唤先生，看月起。"（明·陈继儒《霜天晓角》）

在更多时候，儿童的出现是诗人归隐后家庭团聚、天伦之乐的象征：

"田家有美酒，落日与之倾。醉罢弄归月，遥欣稚子迎。"（唐·李白《游谢氏山亭》）③

"闲爱老农愚，归弄小女姹。"（唐·韩愈《县斋有怀》）④

"儿女自咿嚘，亦足乐且久。"咿嚘，小孩说话不清楚。（宋·苏轼《夜泊牛口》）⑤

---

① 李白：《襄阳歌》，见《唐宋诗醇》（上），马清福主编，春风文艺出版社，1999年，第199页。
② 陆游：《九月三日泛舟湖中作》，见《唐宋诗醇》（下），马清福主编，春风文艺出版社，1999年，第765页。
③ 李白：《游谢氏山亭》），见《唐宋诗醇》（上），马清福主编，春风文艺出版社，1999年，第409页。
④ 韩愈：《县斋有怀》），见《唐宋诗醇》（中），马清福主编，春风文艺出版社，1999年，第580页。
⑤ 苏轼：《夜泊牛口》，见《唐宋诗醇》（中），马清福主编，春风文艺出版社，1999年，第763页。

"昨夜醉眠西浦月，今宵独钓南溪雪。妻子一船衣百结，长欢悦，不知人世多离别。"（宋·洪适《渔家傲引》）词中说，妻室儿女衣服补丁连补丁，生活虽然清苦，但充满温馨欢愉，不像世人为追名逐利而奔波，有家难归，备受别离之苦。

在以儿童为主角的诗词中，有一类伤悼之作，是为早夭的儿女所作。如：

"哭尔春日短，支颐长叹嗟。不如半死树，犹吐一枝花。"（唐·李群玉《伤小女痴儿》）①

"一岁犹未满，九泉何太深！惟余卷书草，相对共伤心。"（唐·皮日休《伤小女》）

"雨点轻沤风复惊，偶来何事去何情？浮生未到无生地，暂到人间又一生。"（唐·元稹《哭小女降真》）②

袁枚有长诗《哭阿良》，为五岁女儿夭亡而作。

这些诗作虽以儿童为主角，情意凄切，但并非着意表现童年之美，故这类诗作不在选文之列。

还有一类以曾经的儿童为主角，即诗人怀恋童年之作，有时是触景生情，有时是直接抒发，表达无法回去的无奈以及对曾经美好童年世界的深深眷恋。我们称之为童年怀恋中的童年之美。

1. 唐代诗人杜甫《百忧集行》："忆年十五心尚孩，健如黄犊走复来。庭前八月梨枣熟，一日上树能千回。"

这就是一首非常标准的童年回忆诗，童年时期的健步如飞、爬跳如猴的野小子形象十分可爱，一日上树能千回，尽显童年活泼的童趣之美。连"沉郁顿挫"的"诗圣"都有过如此美好的记忆，谁又不曾拥有过童

---

① 李群玉：《伤小女痴儿》，见《万首唐人绝句》，〔明〕赵宧光等编定，书目文献出版社，1983年，第135页。
② 元稹：《哭小女降真》，见《万首唐人绝句》，〔明〕赵宧光等编定，书目文献出版社，1983年，第445页。

年的黄金时代？

2. 唐代诗人白居易《观儿戏》："龆龀七八岁，绮纨三四儿。弄尘复斗草，尽日乐嬉嬉。堂上长年客，鬓间新有丝。一看竹马戏，每忆童骑时。童骑饶戏乐，老大多忧悲。静念彼与此，不知谁是痴。"

这首就是触景生情之作，而且充满了对比的无奈和辛酸。龆龀就是指童年时期。斗草是端午时的一种游戏，叫斗百草。三四个七八岁的孩子游戏嬉闹，整日乐嬉嬉的，简直就是童年哪识愁滋味。堂上长年客，就是诗人自己了，发鬓又新添白发了。可是一看到孩子们的竹马戏，每每就要回忆自己的童年时代了。童年时多有欢乐，成年后却多有忧悲。一个人静思这种区别，和那些戏乐的痴儿们比起来，不知道究竟谁更痴呢？前两句充满欢喜，后四句浸透了无尽忧伤和自嘲。

3. 宋代词人张镃《满庭芳·促织儿》：

"月洗高梧，露溥幽草，宝钗楼外秋深。土花沿翠，萤火坠墙阴。静听寒声断续，微韵转、凄咽悲沉。争求侣、殷勤劝织，促破晓机心。

儿时曾记得，呼灯灌穴，敛步随音。任满身花影，独自追寻。携向华堂戏斗，亭台小、笼巧妆金。今休说，从渠床下，凉夜伴孤吟。"[1]

词的上篇写词人由于听到蟋蟀的叫声而内心触动，当时月色如水，梧桐如洗，露水沾满幽深的草丛，一副深秋的气象。这时听到蟋蟀之声断续传来，定睛细看那绿苔藓爬满的墙根处，萤火虫的光芒在阴暗处闪闪烁烁，那蟋蟀的悲声正是从那里传来。蟋蟀的声音是寻求爱情之侣的歌声，还是劝勉织妇夜不停顿，尽快织就寒衣，织到天明呢？

这时，对童年捉玩蟋蟀的快乐记忆油然而生，那是多么惬意欢欣的岁月啊。听准了蟋蟀的声音，判断就在这个洞里呢。你跑不了啦！又是叫伙伴拿灯笼照洞，又是拿盆拿桶往洞里灌水。它出来啦！快，捉住它！

---

① 张镃：《满庭芳·促织儿》，见《唐宋词鉴赏辞典》，唐圭璋主编，江苏古籍出版社，1999年，第979页。

哎，这家伙太机灵了，竟让它跑了！可是它的叫声还在那边，嘘，轻点，屏住气，蹑手蹑脚，跟过去。这样一路追过去，夜深了，月光花影，洒落满身，直到把它逮住了，才鸣金收兵。然后把它带到画堂戏斗，亭台虽小，但金丝笼却特别精巧。这是一幅多么生动的童年图景，充满童趣美。

然而最后一句欣喜落地，充满凄凉之感。那童年的快乐已经一去不返，童年的小伙伴如今只是寒冷之夜孤单的陪伴了。

4. 清代诗人袁枚《陇上作》（选）：

"忆昔童孙小，曾蒙大母怜；胜衣先取抱，弱冠尚同眠；髻影红镫下，书声白发前；倚娇频索果，逃学免施鞭。敬奉先生馔，亲装稚子绵；掌珠真护惜，轩鹤望腾骞。行药常扶背，看花屡抚肩；亲邻惊宠极，姊妹妒恩偏。"①

这也是一首悼念诗，是袁枚悼念祖母之作，其中却充满了自己在慈爱中度过的童年记忆。袁枚是在祖母的怀抱里长大的，从幼小到成年，没有一天不是和祖母在一起，从不曾分离。白发祖母陪他夜读，孙儿不时"索果"，连逃学也因庇护免受鞭笞。到开始上学时，祖母为老师准备食物，为爱孙准备打点行装，视孙儿为掌上明珠的细节动人。服药后扶着散步，看花时轻抚孙儿的肩膀，祖母无微不至的关爱，让亲友邻居感到惊讶，让姐妹们妒忌祖母的偏心。这八句表现诗人对童年祖母慈爱的深深眷恋。

5. 近代诗人龚自珍《百字令·投袁大琴南》：

"深情似海，问相逢初度，是何年纪？依约而今还记取，不是前生夙世。放学花前，题诗石上，春水园亭里。逢君一笑，人间无此欢喜。

无奈苍狗看云，红羊数劫，惘惘休提起。客气渐多真气少，汩没心灵

---

① 钱仲联等：《元明清诗鉴赏辞典·清·近代》，上海辞书出版社，1994年，第1201页。

何已？千古声名，百年担负，事事违初意。心头阁住，儿时那种情味。"①

上篇追忆词人与故友的儿时友谊，在春水园中，放学后游历花前，在石上题诗，这是童稚时美好往事，也是似海般深沉的友情见证。世事人情的巨大压力异化着个人的心灵。个人所具有的自然、原初的心灵状态被扭曲破坏的情况何时能够终结呢？对"千古声名，百年担负"的追求，没有一件事不是违背原来的初衷的，可见原来的理想和梦幻不过是一场空罢了。留在心头始终不会改变的，只有那儿时真挚的情谊了。这是一首典型的童年之恋之词。

6. 近代翻译家林纾《作画题诗·其二十四》：

"回首琼河五十秋，当年雏发尚盈头。柳花阵阵飘春水，逃学偷骑老牝牛。"②

五十载过去，犹不忘儿时的欢娱，童年美好的一切毕竟早已如春水一去不复返了。只剩下对逝去生命光华的无限追恋。

陆游诗有"白发无情侵老境，青灯有味似儿时"句（陆游《秋夜读书每以二鼓尽为节》），辛弃疾有"老来情味减，对别酒，怯流年"句（辛弃疾《木兰花慢·滁州送范倅》），刘克庄有"便是儿时对床雨，绝怜老大不同听"句（刘克庄《和仲弟》），沈曾植有"川载童心凄下逝，众官世北阿姨楼"句（沈曾植《西湖杂诗·其一》）。从童年怀恋之作中，我们可看到诗人对儿时情味的美好记忆，这种记忆尤其在中老年之境容易触发，童年虽不再，但其美好的确让人追怀一生，诗人的"赤子之心"欣然可见。

三

在大量零散的童年题材之作中，并非没有浓墨重彩的特别巨制，如周作人在《古诗里的儿童》中提到的《玉台新咏》中的左思的《娇女

---

① 钱仲联等：《元明清词鉴赏辞典》，上海辞书出版社，2002年，第962页。
② 钱仲联等：《元明清诗鉴赏辞典·清·近代》，上海辞书出版社，1994年，第1615页。

诗》,《宾退录》中路德延的《孩儿诗》两篇,笔者在搜寻中还发现了包括李商隐的《娇儿诗》、陶渊明的《责子诗》、白居易的《阿崔》在内的其他三首。这几首诗有鲜明的特色,因为篇幅相对较长,尤其是前三首,相当于一个孩子的特写,童年生活表现充分,童年之美亦充盈其间。除了《孩儿诗》,其他几首都是诗人写给自己的儿女的,因此说这几首充满了舐犊之情不为过,我们单列出来先作欣赏。

1. 西晋·左思《娇女诗》

西晋诗人左思有一对女儿,长女名芳字惠芳,次女名媛字纨素,左思视为掌上明珠,一首《娇女诗》(见于南朝陈徐陵《玉台新咏》卷二)细致生动地描绘了小女们的童年生活。全诗如下:

> 吾家有娇女,皎皎颇白皙。小字为纨素,口齿自清历。
> 鬓发覆广额,双耳似连璧。明朝弄梳台,黛眉类扫迹。
> 浓朱衍丹唇,黄吻澜漫赤。娇语若连琐,忿速乃明懂。
> 握笔利彤管,篆刻未期益。执书爱绨素,诵习矜所获。
> 其姊字惠芳,面目粲如画。轻妆喜楼边,临镜忘纺绩。
> 举觯拟京兆,立的成复易。玩弄眉颊间,剧兼机杼役。
> 从容好赵舞,延袖像飞翮。上下弦柱际,文史辄卷襞。
> 顾眄屏风画,如见已指摘。丹青日尘暗,明义为隐赜。
> 驰骛翔园林,果下皆生摘。红葩缀紫蒂,萍实骤抵掷。
> 贪华风雨中,倏忽数百适。务蹑霜雪戏,重綦常累积。
> 并心注肴馔,端坐理盘槅。翰墨戢闲案,相与数离逖。
> 动为垆钲屈,屐履任之适。止为茶荈剧,吹嘘对鼎䥶。
> 脂腻漫白袖,烟熏染阿锡。衣被皆重地,难与沉水碧。
> 任其孺子意,羞受长者责。瞥闻当与杖,掩泪俱向壁。

　　参照钟京铎先生注释，全诗大意是：我家有娇女，皮肤如月般白皙。小女字纨素，口齿清脆。头发刚长齐额头，耳朵好像一对璧玉。早晨梳妆，黛眉好像扫帚划过那样细长。朱红的胭脂点在红润娇小的嘴唇上，烂漫天真。撒娇的时候声音像小玉环相互碰击，生气的时候语气加速、抑扬顿挫。拿笔只是贪恋红漆管笔好玩，可别期望达到认真书写的目的。看书喜欢挑厚的白绢，自夸诵读的收获。

　　她的姐姐字惠芳，相貌灿烂如画。喜欢干麻缕丝边的活计，到了梳妆镜前就丢了手里的活计。举笔画眉，模仿张敞为妻描眉，刚画成又揩去重画。玩弄于自己的眉颊间，把化妆与织布权当成好玩的游戏。喜欢跳赵国那种舒缓的舞蹈，展袖如同飞翔的鸟翼那般轻盈。喜欢调弦弹奏，文史典籍却折叠一旁。环视屏风画，只得仿佛，便发表自己的高见批评。不知道此画年深日久，为灰尘沾渍，原来明显的意义已经变得隐晦不明。

　　整日在园林里乱跑，果子未熟早就采摘下来。摘花连根拔起，摘了果子则一次又一次地相互抛掷。尤其喜爱看花，风雨里多次跑向园林中。也必定在霜雪里跑，系着多重的鞋带，鞋上沾满厚厚的积雪。有时全神贯注端坐着料理估着果品，却将笔墨文具等收起来装在盒了里放在桌上，远离而去。动是被小贩叫卖敲击的垆钲声所吸引，鞋跟也来不及拔上，拖着鞋往外跑；静是为烹煮饮食，还对着鼎鐷吹火。白色的衣服被油污烟熏，变得颜色模糊，难以沉于碧水中清洗干净。平日多放任她们的孩子气，受到长者的责备时就甚感羞耻。听见应该受杖责时，两人都向壁掩面痛哭。[1]

　　这首诗写于左思三十五至四十岁之间，即作于285年至290年间，距今有一千七百多年的时间，但是两个女顽童的种种精灵鬼怪却与现在的

---

[1]　钟京铎：《左思诗集释》，台湾学海出版社，2001年，第61—62页。

孩子并无二致。纨素皎若月亮的面容，小鸟般的童音，扮成大人样的诵读，展现纨素初发芙蓉、自然可爱的童稚美，小之可爱，新之稚拙，一片天真烂漫。惠芬呢，玩弄眉颊，视妆扮和纺织为嬉戏，舞蹈时的优美，评画时的无畏大胆，都活灵活现，惹人怜爱。尤其是两姐妹在园林里的捣蛋，摘果拔花，风雪无阻只为看花，听见敲击声连鞋跟也不拔的细节，衣服颜色莫辨的贪玩，充分展现有若天籁、生动盎然的童趣美，其中活泼美、率性美表现明显。最后两句写孩子闯祸后的惊慌和羞愧，孩子向壁掩面痛哭之时，大概执杖的那个大人也舍不得落下抬起的棍杖，也会在心里轻轻微笑吧。那大概是一个温柔的父爱的微笑！这里写的是对童心爱护的流露。

2. 唐·李商隐《骄儿诗》（节选）

衮师我骄儿，美秀乃无匹。文葆未周晬，固已知六七。
四岁知名姓，眼不视梨栗。交朋颇窥观，谓是丹穴物。
前朝尚器貌，流品方第一。不然神仙姿，不尔燕鹤骨。
安得此相谓？欲慰衰朽质。青春妍和月，朋戏浑甥侄。
绕堂复穿林，沸若金鼎溢。门有长者来，造次请先出。
客前问所须，含意不吐实。归来学客面，闹败秉爷笏。
或谑张飞胡，或笑邓艾吃。豪鹰毛崱屴，猛马气佶傈。
截得青筼筜，骑走恣唐突。忽复学参军，按声唤苍鹘。
又复纱灯旁，稽首礼夜佛。仰鞭罥蛛网，俯首饮花蜜。
欲争蛱蝶轻，未谢柳絮疾。阶前逢阿姊，六甲颇输失。
凝走弄香奁，拔脱金屈戌。抱持多反侧，威怒不可律。
曲躬牵窗网，衉唾拭琴漆。有时看临书，挺立不动膝。
古锦请裁衣，玉轴亦欲乞。请爷书春胜，春胜宜春日。

　　芭蕉斜卷笺，辛夷低过笔。①

　　李商隐这首诗仿左思《娇女诗》，也受陶渊明的《责子诗》的影响，但比两诗曲折尽情，而且借此抒发个人感怀。衮师是李商隐爱子的乳名，美貌和才智无人能比。早慧，还在襁褓中就知道"六"和"七"了。四岁就知道自己的名字，还不贪吃梨和栗。后面六句是朋友观察衮师后的美誉，说他将来必成大器、出类拔萃。为父的当然自谦，感叹怎能这样夸一个小孩呢？转念一想，不过是朋友们一番好心，安慰我这个老朽的人罢了。（当时作者37岁，就发此感叹了！）以上十四句总写对孩子的赞叹，父亲的赞叹和朋友的赞叹，写衮师的聪明俊秀和人们对他的期望。

　　第二段写衮师的童年生活。春天他和小朋友一起嬉戏，"绕堂穿林"到处奔跑，声音就像水开了锅似的。有客人来的时候，他抢着去迎接；客人当面问他什么的时候，他却隐藏真意不说出来。等到送走客人他冲进门，拿着父亲的笏板模仿客人的表情。他或者嘲笑客人像张飞一样的黑脸大胡子，或者打趣客人像邓艾一样口吃。孩子一会儿玩骑竹马的游戏，像雄鹰般羽毛耸峙，像骏马般气势不凡。一会儿又学滑稽戏，模仿参军戏的腔调，压低声音呼唤苍鹘，有时候晚上在纱灯旁学人人拜佛。衮师有时举鞭粘蜘蛛网，低头吸吮花间的蜜汁，有时飞跑扑捉蝴蝶，追逐柳絮时就像和它们赛跑一样。他在阶前和姐姐玩"六甲"的游戏，赛输了。于是耍赖跑去弄姐姐的梳妆匣，拔脱了环纽。他继续捣蛋，弯着身子拉窗格，用唾沫擦拭琴漆。接着写衮师的另一面：他看人临摹字帖，直直站着，连膝盖也不动。他拿来古锦，要裁作书衣，见到书卷，也要索取。他还请爸爸写字，他展开的笺纸像未展开的芭蕉叶，低低递过来的笔，像未开的辛夷花。这段选取大量的童年生活细节，表现一个生于

---

① 　《唐诗精品鉴赏辞典》，贺新辉主编，中国社会科学出版社，2003年，第688页。

书香门第、备受宠爱的骄儿形象。孩子无忧无虑的快乐，小男孩的顽皮
淘气任性、对书写的向往，都栩栩如生，充满生机盎然的童趣美，既有
率性美，又有创意美。

3. 唐·路德延《孩儿诗》

情态任天然，桃红两颊鲜。乍行人共看，初语客多怜。

臂膊肥如瓠，肌肤软胜绵。长头才覆额，分角渐垂肩。

散诞无尘虑，逍遥占地仙。排衙朱阁上，喝道画堂前。

合调歌杨柳，齐声踏采莲。走堤行细雨，奔巷趁轻烟。

嫩竹乘为马，新蒲折作鞭。莺雏金旋系，猧子彩丝牵。

拥鹤归晴岛，驱鹅入暖泉。杨花争弄雪，榆叶共收钱。

锡镜当胸挂，银珠对耳悬。头依苍鹘里，袖学柘枝揎。

酒癖丹砂暖，茶催小玉煎。频邀寿花插，时乞绣针穿。

宝匣拿红豆，妆奁拾翠钿。短袍披案褥，劣帽戴靴毡。

展画趋三圣，开屏笑七贤。贮怀青杏小，垂额绿荷圆。

惊滴沾罗泪，娇流污锦涎。倦书饶姹姹，憎药巧迂延。

弄帐鸾绡映，藏衾凤结缠。指敲迎使鼓，箸拨赛神弦。

帘拂鱼钩动，筝推雁柱偏。棋图添路画，笛管欠声镌。

恼客初酣睡，惊僧半入禅。寻蛛穷屋瓦，探雀遍楼椽。

抛果忙开口，藏钩乱出拳。夜分围榾柮，朝聚打秋千。

折竹装泥燕，添丝放纸鸢。互夸轮水硙，相效放风旋。

旗小裁红绢，书幽裁碧笺。远铺张鸽网，低控射绳弦。

吉语时时道，谣歌处处传。匿窗肩乍曲，遮路臂相连。

斗草当春迳，争球出晚田。柳旁慵独坐，花底困横眠。

等鹊潜篱畔，听蛩伏砌边。傍枝拈舞蝶，隈树捉鸣蝉。

平岛跨跷上，层崖逞捷缘。嫩苔车迹小，深雪履痕全。

竞指云生岫，齐呼月上天。蚁窠寻径劚，蜂穴绕阶填。

樵唱回深岭，笙歌下远川。垒材为屋木，和土作盘筵。

险砌高台石，危挑峻塔砖。忽升邻舍树，偷上后池船。

项橐称师日，甘罗作相年。明时方在德，劝尔减狂颠。①

　　路德延作这首五十韵的《孩儿诗》本来是为了讽刺河中节度使朱友谦，但写尽童年之趣。前四韵写孩儿情态，小之可爱的童稚美。后四十四韵写孩儿的各种游戏、玩耍的快乐，创意迭起，尽显"有若天籁，生机盎然的童趣美"。其中"竞指云生岫，齐呼月上天"句充满神奇、扩大的幻想色彩。最后一韵才点明对朱友谦的讽刺。路德延早慧，9岁即能诗，成年后的这首诗作仍童心可鉴。

4. 东晋·陶渊明《责子》

白发被两鬓，肌肤不复实。虽有五男儿，总不好纸笔。

阿舒已二八，懒惰固无匹。阿宣行志学，而不爱文术。

雍端年十三，不识六与七。通子垂九龄，但觅梨与栗。

天运苟如此，且进杯中物。

　　诗中说，"我已经两鬓苍苍，壮年不再了。虽然幸有五个儿子，可惜又都不爱好学习。阿舒已经16岁了，懒惰却是天下无敌。阿宣说是有志于学，但书本又不是他的所爱。阿雍阿端13岁了，还认不出六和七。阿通呢，快9岁了，只知道到处找好吃的梨果和栗子。天意如果这样，我也

---

① 冯梦龙：《太平广记钞·卷二十四》，中国书画社，1982年，第638—639页。

只有喝下这杯了。"

与左思不一样，东晋陶渊明在这首诗中流露出来的情感少了点溢于言表的赞叹，多了点戏谑味道的无奈，不过依然自然感人。周作人在《杜少陵与儿女》中提到此诗，评价是"很喜欢"，篇中还提到："对于此诗，古来有好些人有所批评，其中唯黄山谷跋语说得最好：观靖节此诗，想见其人，慈祥戏谑可亲也。俗人便谓渊明诸子皆不孝，而渊明愁叹见于诗耳，所谓痴人前不得说梦也。"周作人分析说："陶诗题目虽是责子，似乎是很严肃的东西，其实内容是很诙谐的，其第五联最是明了，如果十三岁的小孩真是连六和七还不懂，那么这是地道的白痴，岂止不肖而已。山谷说他戏谑，极能了解这诗的意味，又说慈祥，则又将作者的神气都说出来了。"[①]这首诗写于约公元409年，刚45岁的陶渊明面对五个娇憨顽痴的儿子，将他们"不好纸笔"的顽劣一一道来，并没有板起面孔的愁苦，也没有愤怒威严的呵斥，的确是传透慈祥的神气和戏谑的旨趣，一面有对儿女的舐犊深情，一面是中年历经坎坷后的达观顺命，元好问在《论诗绝句》中赞陶诗"豪华落尽见真淳"，这首诗大概是明证。

有趣的是，一千多年后另有一个"童心大师"丰子恺也戏作了一篇《责子》诗。如下："阿宝年十一，懒惰敢无匹。阿先已二五，终日低头立。软软年九岁，犹坐满娘膝。华瞻垂七龄，但觅巧克力。元草已四岁，尿尿还撒出。不如小一吟，乡下去作客。"文字明白如话，六个孩子稚拙可见，童趣洋溢满天。这是1931年丰子恺仿陶渊明《责子》诗作。这首戏谑味更浓，更有打油诗的味道，无奈退尽。

---

① 周作人：《杜少陵与儿女》，见《周作人自选精品集——饭后随笔》（下），陈子善、鄢琨编，河北人民出版社，1994年，第376页。

5. 唐·白居易《阿崔》

谢病卧东都，羸然一老夫。孤单同伯道，迟暮过商瞿。

岂料鬓成雪，方看掌弄珠。已衰宁望有，虽晚亦胜无。

兰入前春梦，桑悬昨日弧。里闾多庆贺，亲戚共欢娱。

腻剃新胎发，香绷小绣襦。玉芽开手爪，酥颗点肌肤。

弓冶将传汝，琴书勿坠吾。未能知寿夭，何暇虑贤愚。

乳气初离壳，啼声渐变雏。何时能反哺，供养白头乌？①

　　白居易58岁得子阿崔，这首诗表达了白居易老年得子时的欢愉之情，同时也表达了盼望其早日长大的渴望，一片真情，尽在笔墨之间。第七、八、十一句直接写阿崔的头发、气味、小手、皮肤、哭声，都显得初之欣喜、小之可爱，如同初发芙蓉，可见自然可爱的童稚美。

_____

① 　白居易：《阿崔》，见《唐宋诗醇》（中），马清福主编，春风文艺出版社，1999年，第422页。

中国古代
诗词中的童年之美（下）

笑邻娃痴小，料理护花铃。[①]

——张炎：《满庭芳·小春》

一

古代诗人中以西晋左思由《娇女诗》开童年审美之风，以后各代诗人中童心犹存者或多或少不乏承继之作。

东晋陶渊明除了前文提到的《责子》，在《和郭主簿》中写道："弱子戏我侧，学语未成音。"短短十个字，牙牙学语的孩子稚拙可爱的童稚美跃然纸上，传达着温馨的家庭氛围。

唐代诗歌中的童年审美题材开始突破，除了继续延续写子女充满童趣的生活，诗人也开始把目光转向其他孩子，于是出现钓鱼的孩子，牧牛的孩子，采莲的孩子，古代儿童童年生活的图景慢慢向我们打开。更难能可贵的是，诗人开始把目光转向自己，追忆自己的童年，让我们看到了不泯的童心。

---

① 〔南宋〕张炎：《满庭芳·小春》，见《宋词精品鉴赏辞典》，贺新辉等主编，中国社会科学出版社，2003年，第796页。

　　比如杜甫的儿童诗。杜甫的儿童诗与时事艰难紧密相连，饥寒交迫的童年尽管苦涩，孩童还是一样的天真活泼，杜甫身为人父，情感更加复杂，其中有保护童年而不得的自疚，也有乱世中从孩子不知世事、天真无邪的个性上获得的安慰。唐代杜甫的"稚子诗"有些接近陶渊明，但又有区别。陶渊明归隐田园，是"久在樊笼里，复得返自然"（《归田园居》），是一种主动的舍弃，有着一种豁达超脱的隐士之风，而杜甫和他的家庭生于乱世，他已经没有选择的权利，一家平安厮守恰恰成了他最大的幸福。周作人在《杜少陵与儿女》中说："杜陵野老是个严肃的诗人，身际乱离，诗中忧生悯乱之气最为浓厚，写到家庭的事也多是逃难别离之苦。"难怪相比之下杜诗中离乱之辛酸，在此种辛酸中深藏着一份对儿女的挚爱就更让人唏嘘伤肠。

　　《羌村三首·其二》："娇儿不离膝，畏我复却去。"[1]

　　《北征》有数联："见爷背面啼，垢腻脚不袜。床前两小女，补绽才过膝。""粉黛亦解包，衾绸稍罗列。瘦妻面复光，痴女头自栉。学母无不为，晓妆随手抹。移时施朱铅，狼藉画眉阔。生还对童稚，似欲忘饥渴。问事竞挽须，谁能即嗔喝。"[2]这几句写小女的天真烂漫，周作人评："前八句与女孩子弄妆，与左太冲《娇女诗》可以相比，不过写得更是充分罢了。后四句则与《羌村》所说同一情调，可以见作者的真性情。"[3]

　　另有几句写儿童既稚拙又聪慧活泼的片断——

　　"老妻画纸为棋局，稚子敲针作钓钩。"（杜甫《江村》）

[1] 杜甫：《羌村三首其二》，见《唐诗精品鉴赏辞典》，贺新辉主编，中国社会科学出版社，2003年，第270页。
[2] 杜甫：《北征》，见《唐诗精品鉴赏辞典》，贺新辉主编，中国社会科学出版社，2003年，第278页。
[3] 周作人：《杜少陵与儿女》，见《周作人自选精品集——饭后随笔》（下），陈子善、郗琨编，河北人民出版社，1994年，第377页。

"惯看宾客儿童喜,得食阶除鸟雀驯。"(杜甫《南邻》)①

"行色递隐见,人烟时有无。仆夫穿竹语,稚子入云呼。"(杜甫《自阆州领妻子却赴蜀山行》)②

宋代此类题材多有发展,童年的身影融合在大自然的天籁中,短短瞬间却传透美好。如:"社下烧钱鼓似雷,日斜扶得醉翁回。青枝满地花狼藉,知是儿孙斗草来。"(范成大《春日田园杂兴十二绝·其五》)③"萧萧梧叶送寒声,江上秋风动客情。知有儿童挑促织,夜深篱落一灯明。"(叶绍翁《夜书所见》)④"儿童篱落带斜阳,豆荚姜芽社肉香。一路稻花谁是主?红蜻蛉伴绿螳螂。"(乐雷发《秋日行村路》)⑤以《秋日行村路》为例:这首诗写田园风光,斜阳中在篱笆前戏耍的儿童牵开了欢乐可爱的画卷,篱笆内高悬的豆荚和刚冒出地面的姜芽青翠可喜,村民正在烹煮的社肉香气扑鼻而来。再看这一路延绵不断的稻田中怒放的稻花的主人是谁呢?红的蜻蜓和绿的螳螂在这片花海中和谐相伴呢。尽管这首诗只有一句写到儿童,但童年的芳香仿佛渗透在整首诗洋溢着的淳朴、优美的自然风景中,让人喜爱,有天籁之音。

宋代诗词中也见苏轼、陆游等大家不时童心流露的佳作。苏轼《守岁》篇中有"儿童强不睡,相守夜欢哗"⑥句,写儿童过年守岁时的特点,明明瞌睡,却还要勉强欢闹。陆游《小舟归晚》篇中有"败壁青灯暗,幽窗稚子哗"⑦;另《春日杂兴》篇中有"小甀有米可续炊,纸鸢竹马看儿嬉"⑧。

---

① 杜甫:《南邻》,见《唐宋诗醇》(上),马清福主编,春风文艺出版社,1999年,第1028页。
② 杜甫:《自阆州领妻子却赴蜀山行三首》,见《唐宋诗醇》(上),马清福主编,春风文艺出版社,1999年,第1150页。
③ 《宋诗鉴赏辞典》,缪钺等撰写,上海辞书出版社,1987年,第1040页。
④ 《宋诗鉴赏辞典》,缪钺等撰写,上海辞书出版社,1987年,第1246页。
⑤ 《宋诗鉴赏辞典》,缪钺等撰写,上海辞书出版社,1987年,第1291页。
⑥ 《宋诗鉴赏辞典》,缪钺等撰写,上海辞书出版社,1987年,第324页。
⑦ 《陆游诗文选注》,孔镜清选注,上海古籍出版社,1987年,第277页。
⑧ 《陆游诗文选注》,孔镜清选注,上海古籍出版社,1987年,第362页。

　　在众诗人中，以杨万里的儿童诗为集大成者。杨万里可谓是发现儿童的大师，他发现了儿童的创造性，并不惜笔墨地用独创自制、新鲜活泼、幽默风趣的"诚斋体"来表达，与童年之美的意境天然切合。杨万里在《晓过花桥入宣州界》中道"诗人眼毒已先见"，他总是随手将儿童的生活捡拾在诗中，并不着意儿童面貌的摹写，却往往能抓取最能体现童年天籁之美的特点，也决不生造奇特怪异，而是平常普通，在三言两语间活脱脱画出儿童的心灵世界，手法上反映诚斋体"透脱自由""情趣盎然"的特点，内容上能透射童稚、童趣、童幻、童心各个层面之美。

　　如："篱落疏疏一径深，树头新绿未成阴。儿童急走追黄蝶，飞入菜花无处寻。"（《宿新市徐公店》）"梅子流酸软齿牙，芭蕉分绿与窗纱。日长睡起无情思，闲看儿童捉柳花。"（《闲居初夏午睡起》）一个"追"、一个"捉"字将儿童追捕蝴蝶、采摘柳花的活泼唤回眼前，想象黄蝶入黄花无处可寻，幽默扑鼻而来。《闲居初夏午睡起》篇中"松阴一架半弓苔，偶欲看书又懒开。戏掬清泉洒蕉叶，儿童误认雨声来。"《梅熟小雨》篇："风从独树忽然来，雨去前山远却回。留许枝间慰愁眠，儿童抵死打黄梅。"一个"误认"、一个"抵死"写透儿童的好奇活泼和顽皮尽兴之态。

　　再如《嘲稚子》篇："雨里船中不自由，无愁稚子亦成愁。看渠坐睡何曾醒，及至教眠却掉头。"这首诗写在雨中坐在船头的孩子因为寂寞无聊，坐着打盹，等到叫他躺下睡觉，他却摇头说不困，不困。稚态可见。

　　《稚子弄冰》篇："稚子金盆脱晓冰，彩丝穿取当银钲。敲成玉磬穿林响，忽作玻璃碎地声。"这首诗写小孩玩冰的童趣美。诗人津津有味地写小孩怎样从铜盆里挖出冰块，用彩色丝线穿好提在手里，当银钲敲出清脆的声音，响声穿透树林，正在得意兴奋的时候，忽然"银钲"落地，掉在地上发出水玉般的破碎声。手里只剩一根彩线呆立在原地的孩子有多么懊丧，我们都可以想象出来。这如银钲般的童心，多么快乐，富有创意！

《鸦》篇："稚子相看只笑渠，老夫亦复小卢胡。一鸦飞立钩栏角，仔细看来还有须！"这首写孩子看鸦时的童幻美。孩子总是用想象的眼睛看世界，这只乌鸦居然还生着胡须，一本正经地站立在栏角，它是不是鸦中的老者呢？孩子越看越有趣，哧哧笑起乌鸦来。诗人呢，也试着用儿童的眼睛去看，结果也跟着笑起来。

《幼圃》篇："寓舍中庭劣半弓，燕泥为圃石为墉。瑞香萱草一两本，葱叶蓊苗三四丛。稚子落成小金谷，蜗牛卜筑别珠宫。也思日涉随儿戏，一径惟看蚁得通。"这首诗写诗人的小孙子在寓所庭院里的一小块凿空的方石里培上泥土，筑成一个小小的幼圃。孩子在圃中种植了几棵葱、几枝小花。这个小圃尽管只有蚂蚁才能步行，却是蜗牛的宫阙，更是孩子眼里的金谷。孩子是"螺蛳壳里做道场"，巧妙地构筑了一个充满自然美的艺术天地：花草兀自吐叶含香，蜗牛蚂蚁安居乐业、世代友好。谁会费尽心思来颂赞孩子构建的一个小小世界呢，杨万里实在不仅看得懂童心，而且接通了童心与艺术之境的天然联系。

这四首都以"稚子"为主角，写了儿童生活的四个片段，船头打盹、凿冰当钲、钩栏笑鸦、筑土为圃，刻画儿童的童稚美、童趣美和奇思妙想的创造生活。一句"老夫亦复小卢胡"句写诗人的童心未泯，一句"也思日涉随儿戏"，将诗人的童心显露无遗，而且描写儿童小小幼圃的价值，是对儿童心灵世界最好的尊重和理解。在所有这些儿童生活的巧妙题材中，杨万里的这首《幼圃》显得尤其特别。

又如《舟过安仁》诗："一叶渔船两小童，收篙停棹坐船中。怪生无雨都张伞，不是遮头是使风。"这首诗写江中小舟上两个小孩的创意，张伞作帆，让人会意而笑。

《安乐坊牧童》篇："前儿牵牛渡溪水，后儿骑牛回问事；一儿吹笛笠簪花，一牛载儿行引子。春溪嫩水清无滓，春洲细草碧无瑕，五牛远去莫管它，隔溪边是群儿家。忽然头上数点雨，三笠四蓑赶将去！"四个牧童五条大小水牛，他们各具情态，呼之欲出。孩童与牛群、与清澈柔嫩的溪水、与碧绿青青的细草、与野花、与忽来的细雨几景相互辉映，孩子与自然和谐美好如在眼前，充满有若天籁、生机盎然的童趣美。

《桑茶坑道中八首·其七》篇："晴明风日雨干时，草满花堤水满溪。童子柳阴眠正着，一牛吃过柳阴西。"春景正浓，阳光正好，花草满堤，清水满溪，多么丰饶多么肥美。正是牛儿美餐的好时候，也是牧童做梦的好时机。放任牛儿一味不管，自己却柳阴酣眠的牧童，多么恬静多么惬意的生活图景啊。

杨万里的儿童诗向来是学界公认的瑰宝，以当时的社会条件，的确难能可贵，今天读来，仍诗味满口、童心盎然，给人启迪。

宋代诗作中还有一首特别之作。孔平仲别出心裁用小孩的口吻写了一封家书，这种叙事视角的转换，特别耐人寻味。

> 爹爹来密州，再岁得两子。牙儿秀且厚，郑郑已生齿。
> 翁翁尚未见，既见想欢喜。小孙读书多，写字辄两纸。
> 三三足精神，大安能步履。翁翁虽旧识，伎俩非昔比。
> 何时得团聚，尽使罗拜跪。
> 婆婆到辇下，翁翁在省里。大婆八十五，寝膳近何似？
> 爹爹与奶奶，无日不思尔。每到时节佳，或对饮美食，
> 一一俱上心，归期当屈指。昨夜又开炉，连天北风起。
> 饮阑却萧条，举目数千里。①

---

① 孔平仲：《代小子广孙寄翁翁》，见《宋诗鉴赏辞典》，缪钺等撰写，上海辞书出版社，1987年，第488页。

　　这首诗以小孩广孙的口吻写的一封平安家书，上段十四句，广孙向爷爷陈述五个孙孙的情况。广孙为五个孩子中最大的，他以大哥哥的口吻，一连叙述了牙儿、郑郑、自己、三三、大安兄弟五个的情况。写牙儿文秀老实，郑郑已经长出牙齿，爷爷没有见过，见到想来一定会喜欢他们。广孙我呢，读书很多，写起字来能写两页。三三的脚力不错，大安也刚学会了走路。爷爷虽然见过他们，但是弟弟们的顽皮劲却今非昔比了。下段主要叙述对爷爷奶奶的思念之情。描摹了思亲的具体情节，从"饮阑却萧条"的气氛里，显示了五个孩子也很懂事，见到父母因思念而闷闷不乐，他们也不敢欢欣笑闹了。

　　这首用孩子口吻和视角写成的诗，充满了情味，尽管五个孩子的叙述只有寥寥几笔，却栩栩如生，各具情态，天真可爱，充满童稚美。

　　明代偶有童年题材的诗作，延续传统，如毛铉《幼女词》："下床着新衣，初学小姑拜。低头羞见人，双手结裙带。"表现小女孩的稚态和娇羞。唐代施肩吾也有同名诗："幼女才六岁，未知巧与拙。向夜在堂前，学人拜新月。"基本沿用前代表现手法。明代在童年审美题材上无代表作家。

　　清代，则以高南阜为代表，高南阜在南昌作八首绝句，周作人在《儿童杂事诗》卷二《高南阜》中写道："胶东名宿高南阜，文采风流自有真。写得小娃诗十首，左家情趣有传人。"点明童年审美情趣为左诗的一脉相承。

　　《儿童诗效徐文长体》四首：

　　　　闲扑黄蜂绕野篱，尽横小扇觅蛛丝。阶前拾得青青竹，偷向花阴缚马骑。

　　　　半拽长襟作猎衣，丝牵纸鹞扑天飞。春风栏外斜阳里，搅碎桃花学打围。

　　窗前小凤影青青，几日春雷始放翎。五尺长梢生折去，绿
杨风里扑蜻蜓。

　　南风五月藕荷香，踏藕穿荷闹一塘。红裤红衫都湿尽，又
藏花帽罩鸳鸯。

《小娃诗再效前体》四首：

　　画廊东畔绿窗西，斗草寻花又捉迷。袖里偷来慈母线，一
钩小挖刺猫蹄。

　　安排杓柄强枝梧，略着衣裳束一躯。花草堆盘学供养，横
拖绿袖拜姑姑。

　　高高风信放鸢天，阿弟春郊恰放还。偷去长丝缚小板，牵
人花底看秋千。

　　姊妹南园戏不归，喁喁小语坐花围。平分一段芭蕉叶，剪
碎春云学制衣。①

　　高诗这八首绝句集中展现童年，诗作中非常少见。主要从观察者的
角度看童年各种生活场景，用词明白如话，不着意诗境，全力表现童年
情趣，充满了童趣美。

　　近代此类诗作偶有涉及。

　　在诗、词、曲三种体裁中，表现童年之美多集中于诗，词作中相对
少一些，曲中就可以说是微少了。下一节中将散见的诗作归类整理，从
不同方面看古代童年之美。

_____

① 《南阜山人诗集类稿》卷二《湖海集》，转引自周作人：《儿童杂事诗图笺释》，钟叔河笺释，中
　华书局，2000年，第176—177页。

二

1.初发芙蓉，自然可爱的童稚美

"柴门寂寂黍饭馨，山家烟火春雨晴。庭花蒙蒙水泠泠，小儿索啼树上莺。"（唐·贯休《春晚书山家屋壁二首·其一》）

"见人初解语呕哑，不肯归眠恋小车。一夜娇啼缘底事？为嫌衣少缕金华。"（唐·韦庄《与小女》）

前一首写小孩哭着索要树上的黄莺，孩子的稚拙可爱尽露。后一首是韦庄为自己的小女而作。小女刚听得懂大人说话，就跟着牙牙学语了。因为爱玩小车就不肯睡觉。哭闹撒娇整夜为了什么事呢？原来是嫌衣裳上少绣了一朵金线花。小女孩贪玩、任嗔、爱美的特点毕现。

袁枚《随园诗话》评：唐人咏小女诗云，"见爷不相识，反走牵娘裾。"是画小女之神。"发覆长眉侧，花簪小髻旁。"是画小女之貌。"学语渠渠问，牵裳步步随。"是画小女之态。"爱拈爷笔墨，闲学母裁缝。"是写小女之憨。[1]

陆游《喜小儿辈到行在》（节选）：

> 阿纲学书蚓满幅，阿绘学语莺哢木。
> 截竹作马走不休，小车驾羊声陆续。
> 书窗涴壁谁忍嗔，啼呼也复可怜人。

阿纲，大概是陆游的第四子，此时应为7岁。写起字来像蚯蚓爬满纸页上。阿绘年纪更小，还在学话，声音就像黄莺在树上婉转啼鸣。孩子

---

[1] 袁枚：《随园诗话·卷七》，王英志校点，江苏古籍出版社，2000年，第183页。

们截下竹子做马骑跑个不停，学着驾羊车的吆喝声不断传来。弄脏了墙壁谁忍心责骂呢，连他们的哭叫声也是那样叫人怜爱。这六句有左思文风，表现了童年初发芙蓉，自然可爱的童稚美和有若天籁，生机盎然的童趣美。

宋代戴昺将小儿学步入诗，却有些借此言彼，世道坎坷的感叹。"对周尚有六十日，举足已能三五移。世路只今巇险甚，须教步步着平夷。"（宋·戴昺《喜小儿学步》）

另两首强调儿童的天真稚气，用"不解事"表述童稚之态。"儿童不解事，喜报海棠开。"（宋·戴昺《己亥十月晦大雷雨》）"儿童不解事，却作柳花看。"（宋·戴复古《太湖县雪中简段子克知县》）

2. 有若天籁，生机盎然的童趣美

写童年游戏之乐的诗作不少，荡秋千骑竹马，学钓偷果，放风筝采白莲，从生活各个侧面来表现童趣美。有的天真，有的狂欢，有的顽劣，童年生活总是生机勃勃。

唐代白居易《池上》："小娃撑小艇，偷采白莲回。不解藏踪迹，浮萍一道开。"诗中说孩子们撑着小船，偷偷采回白色的莲花。他们不知道隐藏自己的行踪，湖面的浮萍两边分开，留下一条清晰的水路。写尽孩子们贪玩而不会掩饰的天真。

唐代胡令能两首儿童诗也特别清新可爱。

一首《小儿垂钓》："蓬头稚子学垂纶，侧坐莓苔草映身。路人借问遥招手，怕得鱼惊不应人。"[1]这首诗描写一个头发蓬乱的乡村小孩在学钓鱼，"蓬头"感觉童趣，自然可爱。他正专注地侧身坐在长着青苔的草丛里。"莓苔"说明孩子特意选了一个幽静、背阳的地方垂钓。这时有

---

[1] 《唐诗精品鉴赏辞典》，贺新辉主编，中国社会科学出版社，2003年，第540页。

过路的人向他问路，他远远地摆手，怕吓跑了鱼儿不敢出声。这首诗传神地写出了童年的天真和儿童的聪颖可爱。另有一首《喜韩少府见访》："忽闻梅福来相访，笑著荷衣出草堂。儿童不惯见车马，走入芦花深处藏。"后两句写孩子藏进芦花躲避车马，特别形象，场景可爱。

唐代刘禹锡两首深春幼女稚子篇写童年童趣之美：

> 何处深春好，春深幼女家。双鬟梳顶髻，两面绣裙花。
> 妆坏频临镜，身轻不占车。秋千争次第，牵拽彩绳斜。

> 何处深春好，春深稚子家。争骑一竿竹，偷折四邻花。
> 笑击羊皮鼓，行牵犊鼻车。中庭贪夜戏，不觉玉绳斜。[1]

另唐代元稹《六年春遣怀八首·其七》篇中有"童稚痴狂绕乱走，彩球花仗满堂前"[2]句，充满顽童狂欢之乐。

清代钱载《小店》："小店青帘又夕阳，儿童竿木也逢场。"[3]傍晚夕阳斜照的时候，小店青帘高挑，孩子们拿着竹竿在空地上相互追逐，像在演戏一样。

《城隅》："老妪古祠杯珓火，群儿高阜纸鸢风。"[4]老妇在古祠庙里烧香拜佛，在火光中求神问卜，儿童们在高地上趁着春风放风筝。

清代高鼎《村居》："草长莺飞二月天，拂堤杨柳醉春烟。儿童散学归来早，忙趁东风放纸鸢。"[5]一个"忙"字将孩子们迫不及待的心情写

[1] 刘禹锡：《同乐天和微之深春二十首·二首》，引自《中国古代童趣诗注评》，赵旭东等著，北京语言学院出版社，1993年。
[2] 《万首唐人绝句》，赵宦光、黄习远编定，书目文献出版社，1983年，第444页。
[3] 《元明清诗鉴赏辞典·清·近代》，钱仲联等撰写，上海辞书出版社，1994年，第1192页。
[4] 《元明清诗鉴赏辞典·清·近代》，钱仲联等撰写，上海辞书出版社，1994年，第1194页。
[5] 《元明清诗鉴赏辞典·清·近代》，钱仲联等撰写，上海辞书出版社，1994年，第1502页。

出来，充满率性美。

还有几首着意表现童年的顽皮，贪吃也好，闹学也好，都是童年的天性流露。

南宋辛弃疾的《清平乐·村居》写道："茅檐低小，溪上青青草。醉里吴音相媚好，白发谁家翁媪？大儿锄豆溪东，中儿正织鸡笼，最喜小儿无赖，溪头卧剥莲蓬。"

《清平乐·检校山园书所见》："西风梨枣山园，儿童偷把长竿。莫遣旁人惊去，老夫静处闲看。"[1]

第一首向我们展现一幅纯朴和谐的田园生活之图，茅檐青草，白发老人，吴侬野语，大儿二儿锄豆编笼，自给自足，不亦乐乎！最可爱的是那调皮的小儿，什么活也不干，偷偷躲到溪头，独自一人躺在那里剥开莲蓬采吃新莲子。童年的顽皮可见一斑。第二首写馋新枣的顽童偷偷瞒人的举动，一切都被"老夫"看在眼里，"静处闲看"是诗人欣赏童年的姿势。

陈授衣《田家乐》云："儿童下学恼比邻，抛堕池塘日几巡。折得松梢当旗纛，又来呵殿学官人。"[2]纛，指古代军队里的大旗。一个"恼"字传透顽童神韵。

清代厉鹗：《提村学堂图》："村夫子面孔，渴睡汉形容。周遭三五劣儿童，正抛书兴浓。探雏趁蜨受朋侪哄，参军苍鹘把先生弄，甘罗项橐笑古人聪。不乐如菜佣。"[3]

另有几首牧童诗，从不同角度表现牧童生活。

南唐成彦雄《村行》："暧暧村烟暮，牧童出深坞。骑牛不顾人，吹

---

① 《中国历代文学作品选·第二册中篇》，朱东润主编，上海古籍出版社，1993年，第82页。
② 袁枚：《随园诗话·卷三》，王英志校点，江苏古籍出版社，2000年，第69页。
③ 《中国古代文学史·下》，马积高、黄钧主编，湖南文艺出版社，1992年，第586页。

笛寻山去。”写了牧童的率性自由。

贯休《春晚书山家屋壁二首》：“蚕娘洗茧前溪绿，牧童吹笛和衣浴。”[①]写了牧童自由快乐、无邪天真，与宁静的自然融为一体。

唐代李涉《山中》：“无奈牧童何，放牛吃我竹。隔林呼不应，叫笑如生鹿。欲报田舍翁，更深不归屋。”这首着意特写牧童顽皮的个性。

李涉另有一首《牧童词》：“朝牧牛，牧牛下江曲，夜牧牛，牧牛度村谷。荷蓑出林春雨细，芦管卧吹莎草绿。乱插蓬蒿箭满腰，不怕猛虎欺黄犊。”诗中描写了牧童放牧的群体生活。牧童放牛，朝朝暮暮，有时在江湾，有时去村边的山谷；有时披着蓑衣，冒着春雨出没在林间，有时卧躺在沙滩的草地上吹着自制的芦笛。他腰间插满蓬蒿当箭杆，这样就不怕猛虎来欺侮自己的小黄牛了。牧童纯朴、天真、勇敢、形象可爱。

唐代隐峦《牧童》：“牧童见人俱不识，尽着芒鞋戴箬笠。朝阳未出众山晴，露滴蓑衣犹半湿。二月三月时，平原草初绿。三个五个骑羸牛，前村后村来放牧。笛声才一举，众稚齐歌舞。看看白日向西斜，各自骑牛又归去。”这首也是牧童群体图，牛既是他们歌舞的观众，又是他们的坐骑兼玩伴。

宋代释重显《牧童》：“呕阿唱与那鸣咿，百草拈来斗不知。日晚骑牛未归去，指前坡笑又嘘嚱。”这首比较特殊，用拟声词写牧童歌唱的声音，尽现童年没心没肺的快活。

清代袁枚《所见》：“牧童骑黄牛，歌声振林樾。意欲捕鸣蝉，忽然闭口立。”这首诗表现牧童欢快、机警、灵活之趣。

3. 天外来客，诗意自由的童幻美

集中表现童幻美的诗作不多，仅以李白的《古朗月行》为代表：

---

① 《唐诗精品鉴赏辞典》，贺新辉主编，中国社会科学出版社，2003年，第728页。

"小时不识月，呼作白玉盘。又疑瑶台镜，飞在青云端。仙人垂两足，桂树何团团。白兔捣药成，问言与谁餐？" ①

诗中说："小时候我不认识天上的月亮，把它叫做白玉盘。又怀疑它是瑶台的神仙的镜子飞挂在青云间。镜中有棵茂盛的桂树，仙人晃着两腿坐在树上。白兔在一旁捣药，药捣成了又给谁吃呢？" 月亮是个白玉盘，是孩童时天真稚气的想象；孩子又是天生的童话家，转眼月亮又变成了神仙镜，还有小白兔在捣药呢。接着又是为什么，捣药给谁吃呢？诗人确实能言人人心中之有，童年时光这枚神秘的月亮关联着嫦娥玉兔吴刚的神话，引发过我们多少无尽的想象啊。此诗天真率真，写李白对童年时期的回忆，充满神思，审美意象皎洁美丽，儿童的心灵澄澈可见，儿童的想象瑰丽神奇，可见"诗仙"仍然一如既往地翱翔在童年神奇的世界里。

4. 天然水晶，纯真晶莹的童心美

唐代李白的一些诗作中闪烁着童心之美。

在《长干行》中，诗的前半段为："妾发初覆额，折花门前剧；郎骑竹马来，绕床弄青梅。同居长干里，两小无嫌猜。" ②

诗中说，"我（妾，女孩自称）的头发刚长齐额（可见女主人公此时和左思的小女纨素年龄相当，古时女子幼年不束发，到年十五才绾起头发，加上簪子，叫'始笄'），在门前摘花玩耍。你（郎，男孩）以竹竿当马，我们绕着庭院里的井床（即架在井上汲水的辘轳架）互相追逐，投掷青梅为戏。""青梅竹马""两小无猜"时期童心的纯真美好！

在后面两首诗作中写到童心的依恋和真挚。《南陵别儿童入京》："呼童烹鸡酌白酒，儿女嬉笑牵人衣。" ③诗人兴高采烈地呼唤家童烹鸡

① 《唐诗精品鉴赏辞典》，贺新辉主编，中国社会科学出版社，2003年，第156页。
② 《唐诗精品鉴赏辞典》，贺新辉主编，中国社会科学出版社，2003年，第132页。
③ 《唐诗精品鉴赏辞典》，贺新辉主编，中国社会科学出版社，2003年，第146页。

酌酒，欢畅饮宴；一双小儿女也喜笑颜开，欢蹦乱跳，不离父亲左右，偎依在身边。满纸喜悦。《寄东鲁二稚子》中："娇女字平阳，折花倚桃边，折花不见我，泪下如流泉。小儿名伯禽，与姊亦齐肩，双行桃树下，抚背复谁怜？"①这八句诗写稚子对父亲真挚的思念，小姐弟俩相依为命，眼巴巴盼着父亲归来，孩子的依恋让人感伤，父亲的怜爱亦低回不已。

范成大《晚春田园杂兴十二绝·其十》："雨后山家起较迟，天窗晓色半熹微。老翁欹枕听莺啭，童子开门放燕飞。"②

南宋张炎《满庭芳·小春》中有"笑邻娃痴小，料理护花铃"③。小春，指的是阳春十月，秋天向冬天过渡之际，有时会和暖如春，然而紧接着的便是冬天的肃杀。邻居家的小孩更是天真可爱令人发笑，他还认真地给花枝挂上"护花铃"以防鸟儿啄花。

这两首开门放燕、挂护花铃之举写尽童心的善良，即富同情之心。

范成大《夏日田园杂兴十二绝·其七》："昼出耘田夜绩麻，村庄儿女各当家。童孙未解供耕织，也傍桑阴学种瓜。"④

金和《饲蚕词》："阿娘辛苦养蚕天，娇女陪娘嗔不眠。含笑许缝新袜裤，待娘五月卖丝钱。"⑤

这两首写农家繁忙辛劳之际，儿童相伴左右，前一首重在"学"，后一首重在"待"，后首中含着辛酸，娇女却满怀憧憬和盼望。

另有一首唐代崔道融《溪居即事》："篱外谁家不系船，春风吹入钓鱼湾。小童疑是有村客，急向柴门去却关。"一个"急"字，表现儿童急切、好奇、好客的个性。

① 《唐诗精品鉴赏辞典》，贺新辉主编，中国社会科学出版社，2003年，第205页。
② 《宋诗鉴赏辞典》，缪钺等撰写，上海辞书出版社，1987年，第1042页。
③ 《宋词精品鉴赏辞典》，贺新辉等主编，中国社会科学出版社，2003年，第796页。
④ 《宋诗鉴赏辞典》，缪钺等撰写，上海辞书出版社，1987年，第1045页。
⑤ 《元明清诗鉴赏辞典·清·近代》，钱仲联等撰写，上海辞书出版社，1994年，第1530页。

还有一类是表现诗人们自己的童心之境。

白居易《前有别杨柳枝绝句梦得继和云春尽絮飞留不得随风好去落谁家又复戏答》："柳老春深日又斜，任他飞向别人家。谁能更学孩童戏，寻逐春风捉柳花。"《与伯勤、子文幼楚同登南溪奇观，戏道傍群儿》篇："蒙松睡眼熨难开，曳杖缘溪啄紫苔。偶见群儿聊与戏，布衫青底捉将来。"①写一次自己与家人出游，正在睡眼蒙眬之际，碰见一群嬉戏的孩子，已过花甲的诗人突然童心大发，也和孩子们一起疯玩起来。

陆游《月下》："老翁也学痴儿女，扑得流萤露湿衣。"②

龚自珍更加推崇"童心"，他在《梦中作四绝句·其二》中宣称自己童心未泯，狂喜之情溢于言表："黄金华发两飘萧，六九童心尚未消。叱起海红帘底月，四厢花影怒于潮。"③

黄金挥尽，白发零落，概括自己一生潦倒、半世蹉跎的坎坷遭际。"六九"采用的是六九阴阳之义，以指宇宙、大自然，亦指造化、造物者。"六九童心"指与生俱来之童心，自然之童心。龚志珍与李贽一样，极为推崇"童心"，实是以纯真的童心，反对虚伪的封建礼教对人性的束缚，要求解放人的纯真无饰的天性，焕发人的纯真奇取之心，无所顾忌地去"探世变"，改革旧的一切，创造新的未来。在梦中自己好像"天魔"（巨人）大喝一声，叱起那海红色的帘幕高高卷起，叱起那帘底的一轮明月冉冉上升，照耀得大地一片光明，照耀得百花园中无数鲜花盛开，那四厢一片参差摇曳的光影啊，宛如大海中的怒潮汹涌澎湃。瑰丽壮观极了。充满了神话般的色彩。

---

① 《唐宋诗醇·中》，马清福主编，春风文艺出版社，1999年，第470页。

② 见《陆游诗文选注》，第204页。

③ 《元明清诗鉴赏辞典·清·近代》，钱仲联等撰写，上海辞书出版社，1994年，第1434页。

　　古代诗词中表现童年之美的诗作数量并不多，但从这些不多的诗作中我们仍然可间接看到古代儿童生活的侧面，童稚、童趣、童幻、童心和今天的童年一般，依然自然和谐地闪现在古代童年生命之中。童年之美并没有随着岁月的流逝而褪色，对每个时代的孩子而言，童年永远是第一次，童年永远是美丽的。而童心之境，也永远是艺术之境的向往和归宿。

附录 | # 古代美术中的
童年审美

　　根据黄可《中国儿童美术史撷拾》书中辑录：在中国古代美术史上，描绘儿童生活的绘画和雕塑作品不少。据《虹庐画谈》记载，在宋代民间绘画中，对于题材的选取，流行一句画诀："一人，二婴，三山，四花，五兽，六神佛。"人在民间绘画题材中居首位，婴孩则居第二位，可见儿童审美在当时绘画中的重要性。

　　黄可先生考察中国古代美术，发现凡是擅长人物画的画家，几乎都或多或少创作过反映儿童生活的绘画作品，举证如下：

　　东晋画家顾恺之的《女史箴图》（共十二图）的第六图，就是描绘童年生活情趣的作品：一个稚气十足的孩子，被大人拉着辫子在梳头，孩子露出不耐的表情，企图挣脱而去，舌头也调皮地吐出来。

　　五代画家王齐翰的《荷亭戏婴图》，则是专门描绘一场快乐的儿童游戏：炎热的夏天，在花园的柳荫下，七个孩子，有的打鼓，有的合钹，有的戴着面具，正玩得忘乎所以。而左边凉亭里的一个少妇，照料着卧在台上的一个小儿，她倦怠而烦躁的神情与孩子们忘情玩乐的状态形成反差。这是童年的游戏精神和率性之美。

　　五代画家周文矩的《宫中图》，抓取的是一个紧张的瞬间，三个妇人牵着、围着一个正在学步的幼儿。绘画传神表达出了幼儿学步时那种探索的胆怯和兴奋，这是初发芙蓉的童稚美。

唐代画家谢稚的《小儿戏鹅》，韦无忝的《牧笛归牛》，周昉的《戏婴》等，都以不同的墨彩，描绘了孩子天真烂漫的童年生活。

北宋和南宋，则有更多的画家发现了儿童生活。李公麟、李唐、刘松年、李嵩、王逸民、勾龙爽、徐世荣、刘宗道、王藻等，都创作了关于儿童生活的艺术作品。尤其是苏汉臣，描绘儿童生活的作品达七十多种，题材涉及儿童踢毽、捉迷藏、采桑、玩龙灯、戏鸟、跳墙等丰富的童年生活。据明代《严氏书画记》记载，苏汉臣仅创作的《货郎图》一类表现儿童好奇地围着货郎车或货郎担进行活动的绘画作品，就有十八轴之多。迄今保存下来的苏汉臣的一幅著名的《货郎图》，生动地展现孩子们围着货郎车时各自的性格和心理。画面上，一个和善的老头儿（货郎）推来一辆货郎车停在场地上，车上挂着琳琅满目的小东西：小锣、小鼓、摇铃、佩玉、手提彩灯、绣花香袋等，孩子们痴迷地围着货郎车，有的惊喜得雀跃拍手，有的背着妹妹来凑热闹，有的买到了摇铃在哄着跌倒在地上的弟弟……欢畅的童年生活让人深受感染，从而与画中人一起沐浴快乐之中。宋代还有一个"杜"姓画家，因为擅长描摹儿童，反映儿童生活，被人誉为"杜孩儿"。

宋代流传下来的描绘儿童生活的绘画作品较多，已见到有佚名画家创作的《归牧图》《玩舟图》《傀儡牵机》《戏牛图》《村童闹学图》《百子嬉春图》《孟母教子》《玩泥菩萨》《斗蟋蟀》《浴儿图》等精彩作品。

历经唐代、五代、宋代所凿造，现今保存下来的四川省大足县石窟艺术中，有不少描写儿童生活的雕塑，如牧童、母亲给孩子喂奶、母亲把孩子尿、孩子游戏、孩子说悄悄话等，无论造型、神态，都活灵活现。有一尊完好保存下来的元代铜雕《童子像》（高24.5厘米），塑造了一个十来岁的拱手而立的少年，那开朗、似乎初涉人世却仍稚气天真的神情，十分生动。

　　明代画家丁云鹏的《捉蝶图》《婴儿盆照图》，表现幼儿小心翼翼捕捉蝴蝶的神情和婴儿在水盆上看见自己的影子感到新奇的神态，都栩栩如生。画家仇十洲的《逃学图》，把孩子厌恶私塾，淘气逃学的场景细腻而夸张地表现出来。明代版画刻本《跃鲤记》中一幅《安安看晒稻》的插图，用古拙的阳刻刀法，刚中带柔的简洁线条，塑造了一位农家儿童在晒场用竹竿赶啄食稻谷的鸡群的情景。在《方氏墨谱》等许多明代版画书籍中，亦有不少刻画童心活跃的儿童形象（如春日儿童放风筝等）作品。

　　清代，除了画家萧晨的《教子图》，冷枚的《戏罗汉》，费汉源的《群儿怀乐》等各有特色的反映儿童生活的作品外，在大量的民间木版年画中，以饱满的构图，热情的色彩，不同的线条，描绘了多姿多彩、情趣横溢的童年生活。例如江苏苏州桃花坞的木版年画《百子全图》《百子图》，天津杨柳青的木版年画《十不闲》《金玉满堂》《九子斗蟋蟀》《海观云楼》《喜见红梅多结子》《玩小鸟》，山东潍坊的木版年画《闹元宵》《罗章跪楼》等，都是具有代表性的作品。《罗章跪楼》表现幼儿对成人憨态可掬的模仿：三个幼儿模仿成人，投入地在演一幕传统剧目：罗章与木公主绣楼成亲时，有些瞧不起这位公主，他们就比起武来，决定赛个高低。结果，罗章亲眼见到这位公主的本领不比他差，因而下跪表示佩服。

　　此外，我国的剪纸、泥塑、面塑、木雕、瓷塑、陶塑、漆画等民间美术中，也有众多表现儿童生活的艺术作品。[1]

---

[1]　黄可：《中国儿童美术史撷拾·儿童美术的民族传统》，少年儿童出版社，2002年，第12—17页。

参考文献

1. ［意大利］皮耶罗·费鲁奇:《孩子是个哲学家》,陆妮译,海南出版社,2002年。

2. ［美］埃里克松:《童年与社会》,罗一静、徐炜铭、钱积权编译,学林出版社,1992年。

3. ［加拿大］Guy R.Lefrancois:《孩子们:儿童心理发展》,王全志、孟祥芝等译,北京大学出版社,2004年。

4. ［挪威］Svein Nyhus:《世界没有角落》,贺东译,同心出版社,2005年。

5. ［美］加雷斯·皮·马修斯:《哲学与幼童》,陈国荣译,三联书店,1989年。

6. ［意大利］玛利亚·蒙台梭利:《童年的秘密》,金晶、孔伟译,中国发展出版社,2003年。

7. ［美］劳拉·E.贝克:《儿童发展》,吴颖等译,江苏教育出版社,2002年。

8. ［英］鲁道夫·谢弗:《儿童心理学》,王莉译,电子工业出版社,2005年。

9. ［苏联］B.C.穆欣娜:《儿童心理学》,陈帼眉、冯晓霞、史民德译,人民教育出版社，1990年。

10. ［美］杜·舒尔茨：《成长心理学》，李文湉译，三联书店，1988年。

11. ［美］艾丹·麦克法兰：《分娩心理》，黄飙译，辽海出版社，2000年。

12. ［美］斯特恩：《母婴关系》，杨昌勇、杨小刚译，辽海出版社，2000年。

13. ［美］J.G.德维利尔斯、P.A.德维利尔斯：《幼儿语言》，贾生译，辽
    海出版社，2000年。

14. ［加拿大］奥斯汀顿：《儿童的心智》，孙中欣译，辽海出版社，2000年。

15. ［德］埃莉莎·肯迪佩：《儿童的幻想与创造力——关于想象旅行》，
    石左虎译，上海科学普及出版社，2004年。

16. ［法］保罗·亚哲尔：《书·儿童·成人》，傅林统译，富春文化事业
    股份有限公司，1999年。

17. ［加拿大］李利安·H.史密斯：《欢欣岁月》，傅林统译，富春文化事
    业股份有限公司，1999年。

18. ［美］泰勒·赫德兰：《孩提时代·中国的男孩和女孩》，魏长保、黄
    一九译，群言出版社，2000年。

19. ［美］朱迪斯·维尔斯特：《必要的丧失》，张家卉、王一谦、马雪松
    译，北京大学出版社，1998年。

20. ［苏联］B.A.苏霍姆林斯基：《把整个心灵献给孩子》，唐其慈、毕淑
    芝、赵玮译，天津人民出版社，1981年。

21. ［美］尼尔·波兹曼：《童年的消逝》，吴燕莛译，广西师范大学出版
    社，2004年。

22. ［法］海然热：《语言人》，张祖建译，三联书店，1999年。

23. ［法］让-诺埃尔：《古罗马人的欢娱》，王长明、田禾、李变香译，
    广西师范大学出版社，2005年。

24. ［法］让-皮埃尔·内罗杜：《古罗马的儿童》，张鸿、向征译，广西
    师范大学出版社，2005年。

25. ［丹麦］斯蒂格·德拉戈尔：《在蓝色中旅行：安徒生传》，冯骏译，译林出版社，2005年。

26. ［印度］泰戈尔：《回忆录（附我的童年）》，谢冰心、金克木译，人民文学出版社，1988年。

27. ［印度］泰戈尔：《泰戈尔散文诗全集》，冰心等译，北京燕山出版社，2000年。

28. ［印度］泰戈尔：《新月集·飞鸟集》，张炽恒译，湖北少年儿童出版社，2003年。

29. ［苏联］高尔基：《童年》，刘辽逸译，人民文学出版社，1998年。

30. ［英］巴里：《彼得·潘》，杨静远、顾耕译，三联书店，1995年。

31. ［美］杰罗姆·布鲁纳：《论左手性思维——直觉能力、情感和自发性》，彭正梅译，上海人民出版社，2004年。

32. ［奥地利］格奥尔格·特拉克尔：《秋天奏鸣曲》，董继平译，敦煌文艺出版社，1998年。

33. ［奥地利］康拉德·劳伦兹：《雁语者》，杨玉龄译，中国和平出版社，2000年。

34. ［苏联］M.H.鲍特文尼克等：《神话辞典》，黄鸿森、温乃铮译，商务印书馆，2004年。

35. ［俄］康·帕乌斯托夫斯基：《金玫瑰》，戴聪译，上海译文出版社，2004年。

36. ［美］J.D.塞林格：《麦田的守望者》，施咸荣译，译林出版社，1999年。

37. ［美］苏斯博士：《我看见了什么》，任溶溶译，上海译文出版社，2002年。

38. ［法］圣埃克苏佩里：《小王子》，马振聘译，人民文学出版社，2002年。

39. ［俄］托尔斯泰：《童年·少年·青年》，草婴译，上海文艺出版社，

2004年。

40. ［美］马克·吐温：《汤姆索亚历险记》，成时译，人民文学出版社，1998年。

41. ［苏联］尼·诺索夫：《马列耶夫在学校和家里》，孙广英译，少年儿童出版社，1997年。

42. ［德］赫尔曼·黑塞：《黑塞散文选》，张佩芬译，百花文艺出版社，1997年。

43. ［德］赫尔曼·黑塞：《朝圣者之歌》，谢莹莹编，中国广播电视出版社，2000年。

44. ［美］门得特·德琼：《学校屋顶上的轮子》，杨恒达、李嵘译，河北少年儿童出版社，2002年。

45. ［日］黑柳彻子：《小时候就在想的事》，赵玉皎译，南海出版公司，2004年。

46. ［日］清少纳言：《枕草子图典》，于雷译，三联书店，2005年。

47. ［法］葛西尼、桑贝：《小淘气尼古拉和他的死党们》，高宪如译，外文出版社，1998年。

48. ［瑞典］林格伦：《长袜子卢卢》，李之义译，少年儿童出版社，1997年。

49. ［瑞典］林格伦：《疯丫头马迪根》，李之义译，中国少年儿童出版社，2002年。

50. ［吉尔吉斯斯坦］艾特玛托夫等：《白轮船》，力冈等译，人民文学出版社，1999年。

51. ［丹麦］小啦、约翰·迪米留斯：《丹麦安徒生研究论文选》，安徽少年儿童出版社，1999年。

52. ［阿根廷］博尔赫斯：《波佩的面纱》，朱景冬等译，社会科学文献出版社，1999年。

53. ［法］艾姿碧塔：《艺术的童年》，安徽教育出版社，2005年。

54. ［美］奥帕尔·怀特利：《我们周围的仙境》，张宓译，中国戏剧出版社，2005年。

55. ［美］埃德加·约翰逊：《狄更斯——他的悲剧与胜利》，林筠因、石幼珊译，天津人民出版社，1992年。

56. 华爱华：《幼儿游戏理论》，上海教育出版社，1998年。

57. 董奇：《儿童创造力发展心理》，浙江教育出版社，1998年。

58. 方卫平：《中国儿童文学理论批评史》，江苏少年儿童出版社，1993年。

59. 张倩仪：《另一种童年的告别》，商务印书馆，2001年。

60. 刘晓东：《儿童精神哲学》，南京师范大学出版社，2003年。

61. 梅子涵：《阅读儿童文学》，少年儿童出版社，2005年。

62. 黄可：《中国儿童美术史撷拾》，少年儿童出版社，2002年。

63. 钟京铎：《左思诗集释》，台湾学海出版社，2001年。

64. 周作人：《周作人自选精品集——饭后随笔》，陈子善、鄢琨编，河北人民出版社，1994年。

65. 周作人：《知堂书话》，钟叔河编订，中国人民大学出版社，2004年。

66. 钱理群等：《中国现代小说三十年》，北京大学出版社，1998年。

67. 唐君毅：《人生之体验》，广西师范大学出版社，2005年。

68. 《辞海》，辞海编辑委员会编，上海辞书出版社，1980年。

69. 《辞源》，商务印书馆，1994年。

70. 《中国古代文学史》，马积高、黄钧主编，湖南文艺出版社，1992年。

71. 《中国历代文学作品选》，朱东润主编，上海古籍出版社，1993年。

72. 《唐宋诗醇》，马清福主编，春风文艺出版社，1999年。

73. 《唐诗精品鉴赏辞典》，贺新辉主编，中国社会科学出版社，2003年。

74. 《元明清诗鉴赏辞典·清·近代》，钱仲联等撰写，上海辞书出版社，1994年。

75.《宋诗鉴赏辞典》，缪钺等撰写，上海辞书出版社，1987年。

76.《唐宋词鉴赏辞典》，唐圭璋主编，江苏古籍出版社，1999年。

77.《宋词精品鉴赏辞典》，贺新辉、张厚余主编，中国社会科学出版社，2003年。

78.《元明清词鉴赏辞典》，钱仲联等撰写，上海辞书出版社，2002年。

79.《元曲精品鉴赏辞典》，贺新辉、李德身主编，中国社会科学出版社，2003年。

80.《元曲四百首注释赏析》，李汉秋、朱世滋主编，中国工人出版社，1997年。

81.《万首唐人绝句》，〔明〕赵宧光、黄习远编定，书目文献出版社，1983年。

82.《千首宋文绝句校注》，吴战垒校注，浙江古籍出版社，1986年。

83.《中国历代名诗今译》，吕晴飞、李观鼎主编，中国妇女出版社，1992年。

84.《情诗选》，福建师范大学中文系古典文学教研室选注，人民文学出版社，1984年。

85.《杨万里诗文选注》，于北山选注，上海古籍出版社，1988年。

86. 周启成：《杨万里和诚斋体》，上海古籍出版社，1990年。

87.《陆游诗文选注》，孔镜清选注，上海古籍出版社，1987年。

88. 赵旭东等：《中国古代童趣诗注评》，北京语言学院出版社，1993年。

89. 徐放：《陆游诗今译》，宝文堂书店，1988年。

90.《辛弃疾词选》，朱德才选注，人民文学出版社，1988年。

91.《袁枚诗选》，王名超选注，北方文艺出版社，1987年。

92. 李温陵：《李贽文集》，北京燕山出版社，1998年。

93. 袁枚：《随园诗话》，王英志校点，江苏古籍出版社，2000年。

94. 丰子恺：《丰子恺美术夜谭》，上海人民美术出版社，2004年。

95. 丰子恺：《丰子恺艺术随笔》，上海文艺出版社，1999年。

96. 丰子恺：《西洋名画巡礼·建筑讲话》，湖南文艺出版社，2002年。

97. 朱光潜：《无言之美》，北京大学出版社，2005年。

98. 朱光潜：《谈美》，广西师范大学出版社，2005年。

99. 朱光潜：《我与文学与其他》，广西师范大学出版社，2005年。

100. 朱光潜：《谈文学》，广西师范大学出版社，2004年。

101. 朱光潜：《谈修养》，广西师范大学出版社，2005年。

102. 宗白华：《美学散步》，上海人民出版社，2005年。

103. 《伏特加酒之歌》，岳永红译编，上海文化出版社，2000年。

104. 《绅士的格调》，钟帼、史志康、方飞译编，上海文化出版社，2000年。

105. 《鹰隼的目光》，金笈、史志康、陈沛芹译编，上海文化出版社，2000年。

106. 《长满书的大树——安徒生文学奖获得者与儿童的对话》，黑马译，湖北少年儿童出版社，2005年。

107. 《打着星星的灯笼——诺贝尔文学奖获得者与儿童的心灵对话》，牛津书虫工作坊编选，湖北少年儿童出版社，2005年。

108. 《妈妈，妈妈，我得了个奖——诺贝尔文学奖获得者与儿童的成长对话》，黄艾艾编选，湖北少年儿童出版社，2005年。

109. 《美国读本——感动过一个国家的文字》，[美]戴安娜·拉维奇编，林本椿等译，三联书店，1995年。

110. 《成长岁月——我的学生时代》(1)，严凌君主编，商务印书馆，2003年。

111. 《成长岁月——我的学生时代》(2)，严凌君主编，商务印书馆，2003年。

112. 朱自清：《朱自清作品精选》，庄桂成选编，长江文艺出版社，2003年。

113. 朱自清：《朱自清散文》，浙江文艺出版社，1999年。

114. 鲁迅：《鲁迅散文选集》，百花文艺出版社，1991年。

115. 郑振铎：《郑振铎选集·第一卷》，四川文艺出版社，1990年。

116. 叶圣陶：《叶圣陶散文甲集》，四川人民出版社，1983年。

117. 冰心：《冰心文集》，上海文艺出版社，1984年。

后

记

　　写这个题目，想了很久，实在是在现实生活中目睹太多对童年生命的漠视，对儿童精神的戕害。再也没有哪个时代的孩子比当下的孩子物质更加丰富，但是也恐怕没有哪个时代的孩子比当下的孩子承受更多。作为一位儿童文学的研究者、童年精神的捍卫者，再也无法回避对当下繁杂情势下的童年成长环境的思考，因而也更加渴望梳理历代文化生活中，童年作为一种诗意审美，给我们带来的清新超脱的美感。

　　让我们回到源头和初心。特别希望成人能够反思童年的精神资源，找到人性的根本，多一点童心，这个世界也许更加美好。

　　基于这些想法，我有些自不量力地做了这个题目。在论文准备和写作的过程，面对童年，有很多失落的遗憾，但有更多相遇的惊喜。失落是自己的童年永远无法找回来了，惊喜是发现这个世界上依然存在着这么多童心犹存的人。这种惊喜会让人产生天涯咫尺的感觉，即无论相遇的是哪个时代哪个国家的人，只要他们的本心依然单纯如同孩子，就会在无限时空里感觉彼此的相近，这的确是一种幸福。于是，我相信，原来很多人的写作是为了以后让某个人读到，让其懂得、感叹，然后真切感受到生命和心灵的美好。这让我更加确信写作的意义。

　　在写作的过程中，也日益发现自己的无知，大大拓展了对我热爱的

166

童年生命的重新认识，我想这就是最大的收获。另外，因为精力和实力不够，来不及完成现代部分的童年审美，考虑到论文的完整，我没有把已经写好的一部分放进来，这个功课在日后有余力的条件下慢慢会继续完成。

用一首小诗来表达心中所有感动感恩：

> 一个一个的孩子
> 知堂遇小儿，①
> 童心觅随园。②
> 子恺天真画，③
> 巴里永无乡。④
> 感慨求学路，
> 所遇皆故知。
> 临行无以赠，
> 天地一颗心。

再次感谢在我求学过程中所有帮助过我的老师、朋友、亲人。

唐池子

2021年4月

---

① 爱知堂老人（周作人）所爱——儿童。
② 觅随园主人（袁枚）所寻——童心。
③ 寻缘缘堂老人（丰子恺）所画——童真。
④ 想巴里（《彼得·潘》作者）永无之乡——童年。